El amante desconocido

Manuel de Jesús Valenzuela Valenzuela

A UNOS HERMOSOS OJOS VERDES,

QUE ME ENAMORARON.

VIAJE SIN REGRESO

En punto de las ocho de la mañana tomaría el avión a un destino que cada año se permitía visitar, había hecho el compromiso de ir a una pequeña aldea enclavada en una isla en aguas del Caribe, tan pequeña que ni en el mapa existía. Ahí se encontraban los restos de su madre, o al menos a quien conociera como su madre, una mujer abnegada que le diera los mejores ejemplos y que en vida decidió fuera sepultada en esa pequeña isla, donde no existía la podredumbre humana, solía decir Caridad aún con vida. El sitio, un lugar en el que se aprecia el esplendoroso brillo del sol, un amanecer hermoso, un emocionante crepúsculo. Por la noche, se dejaba sentir la tranquilidad del lugar, iluminado por una luna, reflejando sus rayos románticamente en la orilla espumosa de la blanca arena de una playa limpia. Un lugar a donde no había ningún medio de comunicación satelital y al que solo se llegaba en lancha con motor fuera de borda. un viaje incómodo y ruidoso que se debía hacer durante dos horas de costa a costa. Allá iba Mariana a visitar la tumba de su madre de crianza por vigésima octava ocasión.

Una pequeña maleta acompañaba a la madura mujer, quien llevaba lo necesario para pasar unos días fuera de casa. Estaba ansiosa, con la mano empuñada en la que descansaba su barbilla y cruzada de piernas, balanceaba el pie, impaciente, luciendo un zapato tenis de un blanco impecable. El pequeño aeropuerto estaba atestado de pasajeros también impacientes, que le generaban cierto nerviosismo ¿Qué te pasa, mamá?, preguntó su hijo, ella solo lo miró. Su esposo, un tipo tranquilo y educado que representaba un puñado de docentes en una organización sindical corrompida, como solía decir él cuando manifestaba su inconformidad en esa función asignada por elección y que no se atrevió a rechazar, por un interés personal, indudablemente.

Su debilidad era la música, a lo que se dedicaba académicamente, el dinero era indispensable para darle las comodidades a su esposa y satisfacer sus escapadas. Con todo eso, él, amorosamente le permitía a su esposa cada año hacer el viaje a la isla, regularmente iba sola. Siendo líder sindical, no se daba el tiempo para acompañarla ni al aeropuerto, como en esa ocasión, solo su hijo, quien también apresurado la acompañó. Roberto, su esposo, fue un tipo que tuvo la fortuna de llevarla virgen al altar a los veintitrés años, situación que, a él, por su convicción machista, lo hacía sentirse orgulloso. Ella, aún esbelta, de piel trigueña y hermosos ojos ambarinos, muy expresivos, quien, a pesar de sus dos partos en medio siglo de vida, manifestaba en su piel una fresca fragancia. Enfundada en unos jeans descoloridos y untados al cuerpo, le daban una excelente apariencia juvenil, sonriente siempre y de muy buen humor, llamando fuertemente la atención, nadie se resistía mirarla, eso le daba seguridad.

El vuelo sería de dos horas como máximo, de su ascenso a su descenso al otro extremo del país donde se encontraba el destino programado. Ahí, se embarcaría en una ruidosa e incómoda lancha. El retraso del vuelo parecía inminente, lo que le exigiría a ella una disculpa con quien la aguardaba en el pequeño muelle al que esperaba llegar ese mismo día. Finalmente, después de un retraso de 30 minutos, el avión partió. Mariana estaba a bordo de un jet de origen ruso, según información dada por el piloto antes del ascenso, el cual fue exitoso, y después de estabilizar el avión, el piloto anunció se permitía el uso de todo aparato electrónico. Ella se colocó unos audífonos y programó en la USB melodías de su época, que tarareaba tranquilamente, así se mantuvo hasta quedarse dormida, ignorando las turbulencias. Siendo un vuelo sin escalas, duró a lo sumo 110 minutos hasta tocar tierra, el anuncio del piloto de abrocharse los cinturones para el descenso, despertó a Mariana de su profundo sueño. Amodorrada, se colocó el cinturón, se acomodó el cabello que sujetó con una liga y sobre la negra cabellera colocó una gorra amarilla. La ciudad era costera, por lo que requería proteger su piel de los rayos del sol, y su cabellera de la brisa salada del mar, usó para ello, una crema con filtro solar indicada para esos casos.

Con un saltito, un tanto coqueto pero natural, bajó del penúltimo peldaño de la escalera metálica del avión, llamando aún más la atención y el sobresalto de los agentes de seguridad, quienes temieron por su integridad física. Al salir del aeropuerto tomó un taxi, le indicó la dirección, sin mirar al conductor le extendió un billete de alta denominación, preguntó el chofer, "¿traerá uno más pequeño?", ella no respondió por ir absorta en el trayecto. El taxista entendió que la mujer no deseaba entablar conversación y continuó. Veinte minutos más tarde estaban estacionados frente al embarcadero en las orillas de esa ciudad portuaria, ahí se encontraba una lancha con motor fuera de borda, el taxista le entregó el cambio, bajó la maletita, la dejó en suelo y se fue. El piloto de la lancha le dio la mano amablemente a Mariana para el abordaje, con la otra tomó la maleta, le pidió a ella ajustara el salvavidas, a la vez, se enfundó la gorra hasta las orejas, unas gafas obscuras que se colocó le evitaron el deslumbramiento del sol del mediodía, sobre un travesaño recubierto de resina puso la maletita, ese fue su rústico asiento durante el viaje. Aferrada a la orilla de la barcaza y sin soltar el bolso de mano ni la pequeña maleta, durante dos horas viajaron hasta llegar a su destino. Poco a poco, antes de atracar en el muelle, fue relajándose de las coyunturas que sentía acalambradas y entumecidas por la posición inmóvil que mantuvo. A lo lejos, divisó la isla y el caserío en la parte más alta, de ahí, dando tumbos y serpenteando un camino de terracería, bajaba un automóvil, dejando atrás una pronunciada polvareda. Al llegar al muelle, después de amarrar la lancha, el motorista de piel lustrosa y pronunciadamente obscura, apoyó a la mujer para que alcanzara el embarcadero, ella satisfecha, agradeció la acción. Bajó trabajosamente y con los pies en tierra firme, tomó camino cuesta arriba para llegar al carro de alquilar que la esperaba, mientras el taxista rápidamente subía la pequeña maleta que tomaba de sus manos, después de un saludo afectuoso, partieron rumbo al caserío.

En la parte más alta de la isla se encontraba una casa de huéspedes de dos plantas, era una estructura de madera poco vistosa, solo sus cornisas rojas la hacían más viva, la pintura en partes descascarada por el salitre, mostraba el paso del tiempo. Ahí fue llevada después de dar tumbos por el camino de terracería el viejo vehículo. Al llegar Mariana, la administradora, una mujer no muy grande, con mucha educación, la recibió muy efusivamente, "¡la esperábamos y preparamos la habitación de siempre!" le dijo. "Gracias", contestó ella, recibiendo un vaso con agua que se bebió de golpe. Estaba sedienta, el bochorno del calor caribeño que a cualquiera ponía de mal humor, a ella la estaba invadiendo. La habitación se preparaba exclusivamente para ella desde la primera vez, y en ese momento por vigésimo octava ocasión. Era un pequeño cuarto, sobre la pared de madera un tapiz ya muy pasado de moda y roído en algunas partes, en color perla con rayas café, un ventilador de techo con una bombilla pequeña, era lo único que lucía. La cama era cómoda, el baño estrecho y solo con agua fría, una ventana amplia amparada por una cortina de muselina, el piso era de madera y conservaba las marcas del pasado y del paso de los huéspedes, en una vereda muy marcada. Un espejo con manchas y el marco de madera con grabados en altorrelieve estilo Luis XV, imitación, por supuesto, con residuos de pintura dorada levantada debido a la brisa salitrosa, una áspera toalla, que en un tiempo fuera blanca y bordadas las iniciales de color morado de la hostería, CHM.

En la intimidad de la habitación, Mariana se quitó los zapatos tenis, la blusa y el jeans cayeron al piso, mientras caminaba al baño, dejaba regadas sus prendas. Salió del sanitario y de su maletita sacó una bata de dormir transparente, contra el resplandor que entraba por la ventana, se traslucía su figura, un cuerpo holgado y de piernas largas, sus nalgas redondas y aún fuertes, daban una excelente vista a cualquiera de ambos sexos, unos por envidia, otros por deseo. De perfil, sus senos lechosos y pezones puntiagudos, en aparente excitación de un sube y baja inocente no dejaban de reflejar lo fuerte y fogosa que sería esa madura mujer. Mariana se dejó caer en la cama, exhausta, sin pensar en nada se fue quedando dormida, no se cubrió con la sabana, solo la bata y con los brazos abiertos le fue suficiente para descansar plácidamente. Sus largas pestañas, las mejillas rosadas y el cabello ondulado suelto sobre la almohada, hacía parecer una pintura de

Rembrandt. Confiaba plenamente en el personal, sabía que no la molestarían. El bochornoso calor no menguaba a pesar del ventilador, lo que exigía un descanso, y la obligó a hacerlo durante el resto de la tarde.

Pardeaba la tarde, a través de la muselina que se movía suavemente por la brisa vespertina que entraba por la ventana, se reflejaban los pocos rayos del sol que aún quedaban vivos, estaba ya atardeciendo. Por la otra parte de la isla, se divisaban las luces públicas que se habían encendido, el abastecimiento de energía se llevaba a cabo a través de un generador eléctrico, movido por diésel. Era un equipo viejo, propiedad de un americano al que estaban por echar de ahí los nativos, inconformes por el mal servicio y su alto costo. Mariana abrió lentamente sus hermosos ojos, sin moverse, trató de ubicarse, no tuvo sueños, estaba mucho más relajada. Repentinamente sintió un leve tronido en sus tripas, y la necesidad de alimento, recordó que había entrado como bólido al edificio y lo único que traía en el estómago era el agua que le ofrecieron al llegar. Se sentía amodorrada, no le agradaba tener que pararse e ir al restaurant de la hostería, solo que su cuerpo decía lo contrario.

A duras penas dejó la cama, en su delicada piel estaban las marcas de los bordes de la sábana que cubría el viejo colchón. Fue al baño y dejó descansar su vejiga. Frente al tocador y sin pensar, pasó el peine suavemente por la abundante cabellera de un profundo castaño, al terminar de darle forma al cabello, decidió solo enfundarse en sus jeans, tal como llegó, sin tomar un baño e ir al restaurant. Eran las siete y treinta cuando bajó, estando ahí tomó una mesa, ordenó un café, dos rebanadas de pan de caja y un poco de mermelada, esperó. Antes de que llegara el servicio, hizo una señal y canceló el pedido para solicitar un vino, "que sea suave", agregó al mesero, no acostumbraba a beber, lo hacía solo en ocasiones especiales y en compañía de su esposo, pero en esa tarde se sentía con ánimo de ir contra las reglas y beber un poco.

El mesero le trajo un oporto, "poco alcohol", pensó el empleado, era un viejo que la conocía de siempre, sabía de su falta de costumbre a la bebida, lo que podría hacer estragos en la cabeza de su cliente e hiciera morisquetas. Mariana, de la copa servida, bebió copiosamente, tras los pequeños traguitos, no tardó mucho en sentir la euforia que causa el calor del alcohol, miró en torno suyo y se dio cuenta que todo ahí era como siempre. Desde hacía ya veintiocho años atrás que ella decidió ir cada aniversario de la muerte de su madre a llevar flores a su tumba, hacer oración y a descargar sus problemas, estos últimos en realidad eran muy pocos. Bebió otro largo trago y se acomodó el cabello, se palmeó la cara, sentía ya los estragos de la bebida, se sirvió otra copa. El lugar no estaba solo, los comensales a esa hora eran escasos, charlaban, bebían y comían, al hacer un recorrido con sus ojos, frente a ella estaba un tipo, al parecer, por su forma de vestir, no era lugareño, la sorpresa fue que él la miraba detenidamente, lo que al principio le incomodó, ignorándolo, bebió el tercer trago.

En el fondo del reducido lugar se encontraba un viejo tocando una guitarra española, muy roída por el tiempo, pero con un sonido bien timbrado. Era un viejo ciego, lo que no le impedía tocar magistralmente la lira, entonaba con mucho sentimiento *En mi viejo San Juan*, del portorriqueño Noel Estrada. Ella seguía la música con los pies y los dedos apoyados en la mesa, disimuladamente miró de nuevo al tipo de enfrente y confirmó que la miraba con insistencia, no se sentía ofendida, y en esta ocasión ella no bajó la mirada. Él, un hombre ya de edad, le hizo una invitación agachando levemente la cabeza y levantando el vaso con hielos y whiski. Usaba un borsalino gris, de tez blanca como la leche y mejillas rojas como las de papá Noé, irradiaba salud, de hombros anchos y un poco canoso, parecía muy educado, de finos modales. Le llamó la atención su insistencia, después de que lo miró detenidamente y aunque ella no pretendía incursionar en una aventura, casi inconsciente, con la copa de oporto, hizo lo mismo que él, levantándola levemente aceptó la invitación, nadie se movió, él se ruborizó y ella palideció cuando se dio cuenta de su reacción.

Dudaba de lo que en ese momento estaba sucediendo, pero seguía pastoreando en un campo pleno de coquetería, pasión y aventura. Se sentía plena e identificada con ella misma, algo que jamás había imaginado, ahora desinhibida y eufórica lo disfrutaba. Se servía y seguía bebiendo de la copa, la botella que ordenó iba vaciando gradualmente y los estragos lo manifestaban sus ademanes, su mirada y el color de su piel, ahora más rosada que cuando llegó, se acentuaban. Mientras el tipo de enfrente la observaba y parsimoniosamente daba sorbitos del whiski en las rocas que tomaba tranquilamente, dejaba claro que lo estaba mareando, su cara estaba más roja y su mirada vidriosa, ella lo notó. Durante ese tiempo, un mesero fue a visitar las mesas un par de veces, ofreciendo sus servicios, ella no pidió más vino, trató de digerir lo ingerido para continuar. Por lo menos dos horas llevaba Mariana en esas condiciones, ninguno de los dos había decidido retirarse o continuar con la invitación, eso a ella la impacientaba. El calor del alcohol y el bochorno de la húmeda tarde, chocaron con las paredes de la paciencia haciendo añicos cualquier resquicio de decencia y sin pensar siquiera, ella se paró de su mesa. Tomando la iniciativa, insegura en sus pasos y con la copa entre sus dedos, moviéndose peligrosamente el poco oporto de la copa que podía regarse por el suelo, caminó en dirección al tipo de la mesa de enfrente. Su andar fue de una invitación más, contoneándose peligrosamente se dirigió hacia él, llegó a su mesa y sin tomar asiento, lo miró directamente a la cara, distinguió los ojos de un azul profundo. Prácticamente eran de un muerto, el hombre aquel lucía como una figura de cera, la reacción de ella lo había impactado tanto que deseaba desaparecer, "si quiere seguirme, mi habitación es el número dos, al subir las escaleras, mano derecha la tercera puerta", fue lo único que le dijo. Como si fuera sobre nubes subió las escaleras, para cuando terminó de subir los catorce escalones ya eran las nueve cuarenta, marcados claramente en el reloj de péndulo que estaba al subir la escalinata.

El tipo no podía faltar a una invitación tan directa, había sido iniciada por él y él tenía que terminarla o continuarla, decidió cumplir como hombre que era. Dejó su silla y momentos después llegaba a la puerta indicada, se paró justamente con indecisión, la inseguridad impedía que tocara la puerta. Al hacerlo, con los dedos meñique, anular y cordial, tocaría levemente deseando no le abrieran, sin embargo, no tuvo necesidad de tocar, la puerta estaba entreabierta y al empujar con los dedos cedió. Sin darle tiempo a reaccionar y en la penumbra, le cayeron los brazos de la mujer que le aceptara la invitación, un fuerte olor a almizcle invadía la habitación, de un jalón, cual zarpazos de tigre, ella lo dejó sin camisa, le tumbó sobre la rústica cama, le sacó el cinturón, bajó sus pantalones y de un solo golpe lo montó descuartizándose, la reacción del hombre fue de un garañón, ya que ella gimió de placer al sentir el embate del recién llegado. Él, en ese momento se dio cuenta que ella solo portaba una bata transparente y un pedazo rasgado de encaje estaba sobre la cama, el resto estaba en el piso. Como una lucha grecorromana, ambos seguían en una mezcla de olores y sudores que los excitaba más, ella, con sus movimientos rítmicos y sostenida de la cintura por las fuertes manos de quien en ese momento fuera su Adonis, en un estallamiento de tripas de ambos se bebieron el gran elixir de los dioses. Ambos se quitaron la piel a girones, se voltearon al derecho y al revés, en una desesperación de quien se está muriendo de frío y de calor al mismo tiempo, no miraban, solo sentían que renacían y enfrentaban una vida sin explicación, donde solo existe la felicidad. Algo que no es de este mundo, obligado era que ambos estallaran en unos estertores de muerte y leves gemidos de satisfacción y placer, pasando después a un silencio casi sepulcral, donde solo se escuchaban ambas respiraciones y pequeños chasquidos de besos urgidos, casi cariñosos.

Contra el leve resplandor de la ventana que invadía la pieza, la brisa de la playa se colaba suavemente haciendo volar la muselina, permitiendo observar el cuerpo de ella. Mariana estaba bocabajo, el brillo de su piel, la redondez de sus nalgas, sus largas piernas que descansaban sobre la cama, evidenciaban lo bella que era esa mujer sin edad. Él la miró, mientras ella, que aparentaba dormir, intentó revivir el improvisado amigo, lo sentía moribundo, navegando ella en un mar de olas altas y espumosas estiró la mano, tomándolo entre sus dedos aún húmedos, lo sintió crecer y cuando estuvo segura de haber logrado su objetivo, ella renovó su ataque. Montada de nuevo y con rítmicos movimientos, apretando sus manos contra las de él, y unos jadeos ahogados, sació de nuevo sus necesidades quedando exhausta. Mientras el ahora improvisado compañero, sintió que las tripas se le iban en un suspiro profundo y ahogado, al expulsar sus últimas minucias del día, quedando de lado. Ambos descansaban por segunda vez, nadando en un caldo de sudor con una tufarada a amoniaco sobre la cama, y las sábanas arrugadas. La brisa seguía en movimiento, una tenue luz de la calle se filtraba, él volteó la cara, mientras ella trataba de relajar los latidos de su corazón que se confundían con el fuerte tum, tum, que se escuchaba a lo lejos, provocados por el generador de energía eléctrica que abastecía a la isla. Abrazó al hombre, pasados unos minutos, intentó de nuevo realzarle el ánimo, deslizó su mano desde el pecho hasta una cuarta abajo del ombligo, él se hizo el disimulado, volteando su cara para otro el lado, intentando un aparente descanso y el temor a quedar mal en su tercera embestida, ella, decidiendo dejar tranquilo a aquel desconocido se quedó quieta, retirando lentamente su mano.

Un poco más tarde, Mariana se levantó de la cama, en la penumbra contempló al tipo, cuan largo era, robusto y blanco, lo admiró por un rato. Fue rumbo a la ventana, entre sus pies se enredaron las prendas de vestir de ambos, las recogió, y en un acto de cariño o agradecimiento las dobló delicadamente y las colocó sobre la única silla de la habitación. Fue a la ventana y respiró profundamente, el aire y la brisa la relajaron, miró unos minutos la calle solitaria e iluminada levemente con una luz amarilla, bajo un manto de neblina. El fuerte oleaje de esa hora traía la humedad del mar, junto con ella un olor nauseabundo proveniente de los albañales que desembocan en una parte del mar, con un gesto de desagrado intentó taparse la nariz. Estuvo unos minutos, luego fue a la cama, sin ver su reloj calculó serían las diez; efectivamente, las diez y quince de la noche marcaba el reloj, se tiró sobre la cama como acostumbraba, de reojo, miró a su acompañante, luego de suspirar profundamente, cerró los ojos y se quedó dormida.

Por la madrugada, aún con sueño y trastabillando fue al baño, la vejiga de Mariana estaba por reventar, la desaguó, al regresar encontró la cama vacía, su ropa estaba en la silla bien acomodada. Aún adormilada, sintió una profunda soledad y un sentimiento de culpa que le empezó a taladrar el pecho, sintió la resaca y bebió abundante agua de una jarra que estaba en el buró, se recostó, entrecerró los ojos y recordó lo que había sucedido. Se moriría antes que alguien conociera los detalles de la aventura que al recordar le ponía la piel de gallina, sin embargo, le emocionaba haberlo hecho. La sensación inigualable de lo experimentado la tenía confundida, no le encontró sentido a esa sensación, después de pensar y pesar en ello, dejó hasta de sentirse culpable, justificando su conducta y buscando un culpable, "un hombre jamás debe dejar a su mujer sola", dijo en voz alta. Soltando el cuerpo relajadamente y con la conciencia tranquila por sus argumentos, se durmió profundamente. Sin duda alguien que cree estar en una situación comprometedora, justifica sus acciones en otras que tampoco se justifican, cuando los valores morales no están bien cimentados, que no era el caso de la mujer ahora descansando en la mullida cama.

Era tarde, y a través de la ventana, el sol que se coló golpeó de lleno su cara, lo que hizo que se despertara, el bochorno de la mañana anunciaba un cálido día. Mariana salió de su letargo, fue al baño y bajo la regadera del agua fría se quitó las evidencias de la noche, mientras se bañaba, mentalmente hizo un itinerario de sus actividades. Después del baño, se vistió con un pantalón blanco de lino a media pierna, una blusa de colores vivos y flores grandes, un sombrero de ala ancha con un grabado en base esmalte de vivos tropicales a un costado, un barbiquejo que le evitaba se le volara el sombrerillo. Le adornaban, además, unos huaraches artesanales decorados con florecitas. Al salir y recoger su bolso, encontró un pequeño papel en el piso que se habría volado quizá de la cama, y decía "nos vemos luego", así también un billete extranjero de alta denominación, ella se sorprendió, ofendida y temiendo que alguien se enterara del contenido de la nota, intentó destruirla junto con el billete, mas sin pensar los guardó en su monedero.

Eran las ocho de una mañana brillante cuando salió de la casa de huéspedes, un día antes, había pedido al mismo taxista que la trajera del muelle, la llevara al camposanto, no sin antes pasar por la calle donde se concentraban los comercios ambulantes y comprar un ramo de claveles, "de ser posible morados", dijo a Tomás, el viejo chofer del único taxi de la isla, "como a su madre le gustaban", recalcó. Así fue, el taxista conocía su recorrido, por lo que salió rumbo al mercado, luego al panteón, después la traería para tomar su desayuno, como lo habría hecho en ocasiones anteriores, le pediría la llevara a pasear y descansaría para regresar el siguiente día a su casa. Al llegar, el taxista bajó, abrió la portezuela y sorprendido se quedó cuando al bajar Mariana le dice, "gracias, Tomás, me regreso caminando". Tomás, un poco sorprendido y sin decir nada, fue a su lugar y partió rumbo a la casa de huéspedes. Iba preocupado, no por la delincuencia, a esas horas los que molestaban a los turistas estarían durmiendo, le preocupó una insolación que le provocara un incidente a la señora, luego recordó que ella venía de un lugar donde se sufría un calor extremo y se tranquilizó.

Con el ramo de flores en la mano y el bolso al hombro, Mariana fue rumbo a la tumba de su madre, recorrió un pequeño tramo con un pesar manifiesto en su cara, como quien va a un confesionario. Llevando suficientes culpas para llenar el volumen de una enciclopedia, y su difunta madre tendría que escuchar cada una de ellas para finalmente procurarle un buen consejo, consejo que siempre coincidía a lo que ella esperaba, dejándola así satisfecha y con la conciencia tranquila. En esta visita las culpas eran más graves.

La población era pequeña y pareciera que nadie se moría en ese lugar. Eran pocas las tumbas, el camposanto estaba dividido, por un lado, estaban las bóvedas bien cuidadas de familias católicas. Por el otro, abandonadas las de los protestantes, quienes, en un tiempo corto, habían invadido la isla con su doctrina aún más dogmática, tan restringente a la libertad de pensamiento y acción, que, a sus fieles seguidores, no se les permitía las transfusiones de sangre a los enfermos graves, y no practican los rituales que corresponde a los muertos, por lo que no se ocupan de los restos de ellos, solo los sepultan y los dejan en el completo abandono. De los pocos creyentes católicos que poco a poco se reducían, por ir a la secta protestante, estaban bajo la guía espiritual de un diácono, quien había logrado convencerlos de construir una capilla, donde colocado en el altar principal estaba el Cristo del mar, santo patrono de la isla.

Al llegar al sepulcro, Mariana limpió como pudo el rededor y colocó en un pequeño florero los claveles, sobre una piedra se posó a rezar una oración, después, como un río fuera de su cauce y en voz baja, le platicó sus penas a Caridad, su madre. Principalmente la experiencia de la noche anterior, por lo que sentía que la mollera le sudaba y una espuma espesa le corría por las venas. La culpa la traía metida hasta en el tuétano, con gran sentimiento y su cara desencajada, repentinamente se dejó ver una lágrima correr por su mejilla, era un pesar que la hacía sufrir, cerraba los ojos y veía a sus hijos, su esposo, no tenía sosiego. Después de tres cuartos de hora de desahogo, entre llanto y lamentaciones, bajo el incandescente sol, recibió muy acertado el consejo de Caridad, quien le aseguró que el mejor lugar donde guardar un secreto de una mujer casada es su silencio dormida, situación que no le preocupaba, ya que tenía un sueño fluido y jamás hablaba en sueños. Esto no le convenció, y como un dardo le quedó la culpa en el corazón y en su conciencia, secreto que saldría en el momento menos oportuno, solo que ella no lo sabía. Porque ella sabía que su madre sabía que era un absurdo engañar a su conciencia, aun así, lo dejó como algo valido, se puso de pie, se colocó sus lentes oscuros, hizo la señal de la cruz, después de sacudirse el blanco pantalón, partió por el camino que la llevaría a la casa de huéspedes.

Serían dos kilómetros la distancia desde del camposanto a la casa de huéspedes lo que estaría obligada a caminar, el camino cuesta arriba, invadido por pequeños arbustos y palmeras, sobre un manto verde de un pasto silvestre brillante donde se paseaban unos cangrejos, algunas aves marinas estaban posando sobre unas rocas coronadas con mierda blanquecina, las gaviotas sobrevolaban su cabeza que ella ignoraba. No muy lejos de ahí se escuchaba el ruido sordo de un motor que a lo lejos dejaba ver el humo negro arrastrado y desvanecido por las ráfagas de viento de la costa, era el gran generador de energía eléctrica para la población, propiedad de un norte americano que pocas veces visitaba el lugar.

Tres calles largas que casi atravesaban la isla y estaban cruzadas por callejones irregulares que serpenteaban la rica biosfera invadida por una espesa vegetación, eran el principal atractivo de la isla, ahí se llevaban a cabo todos los negocios comerciales de la localidad, principalmente en los fines de semana y el miércoles. El calor aumentaba rápidamente, por lo general amanecía templado, y en las siguientes dos horas el termómetro marcaba treinta o más grados centígrados con una exagerada humedad ambiental, que provocaba bochorno excesivo. Con un sol abrasante caminaba cuesta arriba, sudaba abundantemente, por la blusa se veía un pequeño hilo de sudor que le corría por la espalda, mojaba su columna y dejaba entrever la voluptuosidad de sus redondeces. Era notorio su esfuerzo, por debajo de los anteojos bajaban gotas de sudor mezclado con la delgada capa de maquillaje, del que quedaba poca huella, su bolsa ya le pesaba, poco acostumbraba a caminar, a pesar de su cuerpo liviano, se fatigaba.

Después de hacer un largo recorrido, llegó a las primeras casas del pueblo, tomó la calle de los puestos ambulantes, no tenía idea de lo que haría. Su madre le había tranquilizado la conciencia con ese consejo absurdo que hubo sobre la tumba de Caridad, solo que a ella le pesaba la culpa de la noche anterior. Una nebulosa que le dolía y le invadía su cabeza la mareaba, el corazón se aceleraba cada vez que recordaba lo que sucediera sobre la cama. No podía identificar si esa sensación era por un deseo de que se repitiera o porque el desliz le estaba de verdad causando estragos en su conciencia, repentinamente recordó el papel y el billete que recogió del piso, intentó sacarlo, no lo hizo, pensando que alguien la pudiera observar y dejó las cosas igual. De lo que estaba segura, era del tiempo que le quedaba para poner en orden su situación, que estaba un tanto fuera de su alcance por el momento, por lo que necesitaba de un espacio de soledad, convencida que encontraría la mejor solución.

Caminaba prácticamente sin ver, sin escuchar, sus sentidos estaban fuera de su equilibrio, avanzaba lentamente. Repentinamente se encontró entre la gente y su bullicio, de golpe le llegaron los distintos olores a fritangas, el griterío de la gente que ofrecía su producto, desde bebidas, comidas típicas, caldos, jugos, aguas, frutas, trabajos artesanales, como sombreros, blusas, faldas y algunas garambainas, en ese último puesto fue donde intentó ubicarse y se puso a admirar unas pulseras, había distintas, a ella le llamaron la atención unas que estaban tejidas con hilos de la cáscara de coco, tomó una muy colorida, se la colocó en la muñeca, la pagó y continuó vagando por entre los puestos. Llegó a unas mesas cerca de una colorida casa y bajo una gran manta donde se vendían cocos, tomó asiento, observó que se expendían algunos con ginebra o ron, el calor era agobiante, pidió un coco helado, mientras lo traían, miraba a la gente pasar, no muchos turistas, habitantes de la isla y los comerciantes, en su mayoría mujeres jóvenes de piel cobriza, pelo afro, ojos de color, deslenguadas al ofrecer sus productos, mostrando su figura enfundada en unos vestidos floreados pegados al cuerpo, lo suficiente para no dejar nada a la imaginación, agraciadas y con una jerga graciosa en su lengua materna.

El empleado le llevó el coco con ginebra, "de cortesía", le dijo, colocando sobre la mesa una bandeja grande con hielo molido alrededor del papón, como se le conocía en ese lugar al fruto silvestre, dos popotes de colores lo adornaban y una figura en forma de parasol multicolor, Mariana no tuvo tiempo de decir nada, el joven mesero se fue, ella no esperó más y bebió abundantemente del agua con ginebra. La sed la agobiaba, la combinación de agua, hielo y ginebra, hicieron agradable su estancia bajo las mantas que se movían con el viento que llegaba de la costa. De pie cruzado, como era su costumbre, balanceaba el pie derecho, apoyada con el codo y la mano apuñada bajo la barba, seguía los movimientos de la gente, nadie en particular, se colocó los lentes para sol sobre su frente y siguió observando, por un momento se deslumbró, luego sus ojos se adaptaron a la brillante luz solar. Repentinamente empezó a sentir cierta euforia, el alcohol hacía ya sus estragos.

Había pasado suficiente tiempo, cuando el mesero llegó de nuevo, "se lo mandan", dijo y se retiró. Era un papón igual, quiso sorber del que ella tenía, pero se lo había terminado, al ver el que le habían traído, pegado a los popotes, estaba una nota, "*salud*", decía. Volteó a sus lados, esperaba encontrar al tipo de la noche anterior, cuando inesperadamente, un hombre muy joven, de excelente apariencia, le saludaba en el otro extremo de la carpa, ella le correspondió por inercia, tomó de nuevo su lugar, con la mirada fija en el suelo, pensó, "no puede ser", colocándose de nuevo sus lentes para sol. Un torbellino de confusas imágenes le invadieron, sintió que el suelo se hundía, la luz solar se tornó rojiza y creyó que se desmayaría, a su vez, sintió que estaba tragando grandes bocanadas de aire salado y la estaban despellejando viva, miraba con lo blanco del ojo, aun así, no perdió el conocimiento. Si su destino era ser una mujer fiel, lo sería, ¿por qué hoy Dios la ponía ante esa encrucijada?, ¿o era el maligno quien la estaba tocando?, si es este último el que está haciendo los cambios en mí vida, que lo siga haciendo, porque Dios me puso en este camino y no soy nadie para desobedecerlo, pensó. Era una mujer que, con la manía de justificar siempre sus acciones, independientemente del impacto que tendrían, vivía la vida, el día, el momento.

No era el hombre blanco del borsalino el que ella esperaba ver, más bien un joven que tendría la edad de su hijo mayor, de reojo lo miró y se recreó la vista con la juventud que irradiaba el tipo. Un cabello negro tupido y pegado al cuero cabelludo le adornaba su cráneo, lucía una camisa tropical desbotonada en el pecho que le dejaba ver una brillante piel marcada por una musculatura sobresaliente, su pecho muy marcado, los brazos fuertes y lleno de bolas, sus ojos de pantera y una mirada profunda que intimidaba. La barba bien recortada, llamadas de candado. Fue tanta la impresión de Mariana que se estremeció, sus fuerzas estaban flaqueando, sus emisiones le hicieron sentir una fuerte humedad en su sexo, que la descontroló, luego esperó unos minutos, se levantó con los lentes para sol puestos, tomó su bolso y se fue entre la poca gente que quedaba.

Era medio día, con el efecto de ginebra sintió que el suelo se movía, le urgía un buen baño y descansar un poco para sacudirse las emociones vividas. En su caminar cuesta arriba, rumbo a la casa de huéspedes, entre casas, algunas de madera y otras de barro con caña brava y techo de palma, hacían del escenario alegre y desolador. Las mujeres barrían el frente de la casa, su atuendo muy propio, falda larga y floreada, blusa blanca, una pañoleta de vivos colores enredada en la cabeza detenía el abultado cabello afro. Otras ofrecían melindres a los transeúntes, mientras los hombres descansaban bajo los árboles del patio abanicándose con hojas de palmera, haciéndose acompañar de una jarra de agua fresca de fruta de la temporada. Así pasó admirando el lugar, el que no había recorrido como en esta ocasión, dándose así la oportunidad de ver la situación en la que vivía la gente de la isla desde hacía muchos años, lo que impactó fuertemente. Poco después llegó al hotel, ahí estaba el chofer del taxi. "¿Está todo bien?", le preguntó el viejo Tomás, con un ademan de afirmación con la cabeza lo dijo todo, subió las escaleras, entró a su habitación, descansó la vejiga en el baño después de desvestirse y se tiró en la cama, descansar un poco era lo que pretendía, y lo logró al quedarse dormida plácidamente.

Antes de salir de su lugar de origen, había comprado un boleto de avión de ida y vuelta, solo le faltaban unas horas para que estuviera de regreso en el aeropuerto, de lo contrario perdería el vuelo. Ella eso no lo consideraba problema, ya que solo haría un reajuste que le generaría un costo extra. Al intentar hacer una llamada con su móvil, recordó que no existía señal, lo que le molestó y agradó a la vez. A Mariana, en ese momento, no le preocupaba el retraso, ni tampoco el costo extra que se generara, incluso, ni si su esposo Roberto, si se llegara a preocupar por no llegar después de la fecha programada. En su interior algo había cambiado desde la noche de su llegada, cuando los sorbos de oporto le habían relajado el carácter y le hicieron olvidar su imagen de mujer casada, como era conocida por todos los del lugar, abandonándose así, a lo que su ser, en un remolino instintivo de placer la dejara exhausta, deseando se repitiera.

Durmió por dos horas continuas, ya relajada, se bañó y se enfundó en un vestido llamativo y decidió ir a pasear, no tenía idea a donde, pero relampagueantemente pensó en el joven de la carpa y la hizo estremecer de nuevo. Cuando bajó de su habitación, se enteró que la encargada de la casa de huéspedes iría a la ciudad. Mariana recordó que no pudo comunicarse al aeropuerto, por lo que le pidió hiciera el cambio de vuelo para tres días después. Irene, un poco sorprendida, se alegró y reafirmó, "¡se va a quedar unos días más!", ella solo la miró y le hizo entrega por escrito de los detalles de su vuelo, hora y fecha, el número del móvil de su esposo para que le enviara un mensaje o le llamara, y le comunicara la simple decisión de pasar unos días más en ese lugar.

Después de esto, se fue de nuevo a su cuarto, tomó su bolso, antes se colocó su sombrero playero que le iba muy bien con el vestido largo de vivos colores, el top ajustado le sostenía el busto, incluso, lo levantaba, sin necesidad porque estaba firme aún, salió a la calle. Mariana iba motivada por los hechos de la noche anterior, su ropaje de un amarillo huevo que le hacía resaltar más su belleza, era de lino y lo adquirió precisamente para lucirlo en ese lugar, para nadie en especial, como sus huaraches de cuero delgado y bien tejido, llevaba de accesorios unos pendientes de pedrería de fantasía, lentes oscuros y por supuesto, la pulsera que comprara en la calle de las carpas.

Era ya la tarde del segundo día de su estancia en ese lugar, un fuerte trueno proveniente del otro extremo de la isla anunció lluvias, gruesas nubes que se vislumbraban a lo lejos, tras otro relámpago, retumbó de nuevo el trueno en toda la isla, ella se estremeció, mas no le dio importancia y se fue calle abajo hasta llegar a unas grandes rocas carcomidas por el agua, desde ahí se admiraba plenamente el crepúsculo, irradiando una paz en el ambiente. Esa paz le suavizó el dolorcito que le aguijoneaba su corazón, había algunas personas más en el risco, lugareños y turistas, no muchos, esperaban terminara de esconderse el sol, entre ellos, se movían algunos niños y mujeres que ofrecían diferentes productos, melindres y derivados del coco, producto local, ella, concentrada en sus pensamientos no atendía a nadie, con la mirada fija, sin mirar, iba dejando así pasar la tarde.

Una llovizna muy suave empezó a caer, protegida por el sombrero, no le molestaba, ni siquiera intentó moverse. Sobre los hombros descubiertos corrían pequeñas gotas de lluvia, sus huaraches estaban húmedos y cubiertos de suave arena blanca. Sentada sobre la roca, los pies sobre una roca más pequeña, ensimismada, admiraba lo rojo del sol que estaba por esconderse, ni cuenta se dio que un tipo estaba a su lado y la miraba de forma insistente. Repentinamente, ella salió de su marasmo e intentó pararse, el hombre, tomándole el brazo fuertemente, se lo impidió, con una familiaridad inexplicable, le dijo, "¡No te vayas!", el temor le impidió sacar una palabra, miró hacia donde estaban las demás personas, todos estaban centrados en sus pláticas, en sus acompañantes, admiraban el mar. Mariana sentía desfallecer, el miedo la estaba invadiendo, no entendía por qué el comportamiento atrevido de ese tipo que nunca había visto y la tratara con tanta familiaridad. Era un hombre alto, de color cobrizo, sus manos eran toscas, como de marinero, llevaba unas botas ya muy gastadas, unos jeans igual que sus botas de desgastados, y una playera sin mangas, se cubría la cabeza de la llovizna con una boina de cuadros. Despedía un olor a mar abandonado que Mariana al principio identificó como sudor rancio, pero mientras el tipo aflojaba la mano de su brazo y hablaba algo que ella no entendía, por el miedo que le causaba. Creyó identificar la voz, comparándola con la del hombre del borsalino que la ofendiera con un billete extranjero, solo que, a la vez, recordó que jamás lo escuchó hablar, volteó, y confirmó que estaba equivocada, su mente la estaba traicionando y deseaba que fuera el joven de la carpa. Pronto se dio cuenta que estaba inmersa en una triple situación, deseando se concretara, y a la vez no.

La llovizna se convirtió en una generosa lluvia, con truenos y relámpagos. Ella se cubría con su sombrero, mientras el tipo desconocido intentó rodearla con sus brazos, que rechazó de forma violenta por la asustada mujer, quien fugas se fue en el momento cuando alguien gritó y sorprendido el hombrón, aflojó la manaza de su brazo, momento que Mariana aprovechó, sin importarle su ropa que se rasgara al correr. Llegó fatigada al tumulto que en ese momento se retiraba del lugar, agitada por la inesperada lluvia, procurando meterse entre la gente, buscando su protección empezó a caminar con dificultad. En el lodazal que inmediatamente se formó en la tierra salitrosa, se resbalaba y para no caer se agarraba de los caminantes, mientras miraba hacia atrás, buscando al tipo del que escapara, sorprendida, logró ver que había desaparecido, pero estaba segura que lo recordaría toda su vida, principalmente por ese olor a mar abandonado.

Ya en la posada, Mariana, temblando por lo sucedido, tomó una mesa y pidió un té, "sería mejor un brandy", le sugirió el viejo mesero, ella aceptó. El mesero tardó en traer una copa de oporto, nada que ver con lo que le ofreció, ella lo entendió, porque el brandy era una bebida muy fuerte para ella. Pequeño sorbo le daba, repasando los hechos que se le habían presentado en esas escasas veinticuatro horas de estancia en ese lugar, se estremeció y dio otro sorbo a la copa. Cada vez que sorbía, recordaba lo sucedido con el tipo del borsalino, también, se le revelaba la imagen del joven, con la idea de encontrar a cualquiera de los dos, volteó en su rededor y confirmó que estaba sola, suspiró tranquilamente. Era ya casi de noche y se extrañó que el lugar estuviera abandonado, llegó el mesero, preguntó "¿algo más?", ella aprovechó para saber el motivo de que estuviera solo el lugar, dirigiéndose al camarero, preguntó "¿por qué tan solo el lugar?", "se festeja al Cristo del mar -, contestó el mesero, ella no dijo nada, se quedó en silencio, bebiendo de la copa de oporto ya más tranquila.

Esa noche, después de cenar de forma ligera un emparedado con jamón, muy sencillo, pidió le llevaran un té. Necesitaba dormir tranquila, así fue, durmió más de nueve horas, el amanecer estaba nublado y el sol no brilló para despertarla, fue más bien el bullicio de la gente que por la calle pasaba alegre celebrando el fin de la fiesta del Cristo del mar, quienes la despertaron. Unas mujeres vestidas con largas faldas de llamativos colores se movían de manera muy sicalíptica, una pañoleta amarrada a la cabeza de forma especial donde predominaba el color amarillo, morado y rojo, daban vida al escenario, un abigarrado conjunto de collares que hacían de accesorios y emitían un sonido especial, no dejaban el ritmo con los tambores que amenizaban la fiesta, caminando por la larga calle de la aldea, emitiendo cánticos y pequeños gritos de algarabía, acompañados de fuertes tronidos de la pirotecnia que lanzaban.

Mariana descansaba cuando escuchó la algarabía, no le molestó, amodorrada y con los ojos hinchados, se quedó un rato más en cama, amaneció descansada, dormí de más, pensó, preguntándose a su vez ¿por qué había de quedarse más tiempo en ese lugar, si había sido demoledor desde que fue a sepultar el cuerpo inerte de su madre? Con la mirada fija en el techo del cuarto y la muselina que volaba al mismo ritmo de las oleadas de aire provenientes del mar, esperaba le llegara claramente la respuesta a su pregunta, nunca apareció, luego de esperar, decidió ir a darse un duchazo, en su maletita aún quedaban prendas para seguir en el lugar sin recurrir a la lavandería. Después de bañarse, se enfundó en unos jeans pegados a su atractivo cuerpo, zapatos tenis blancos como la nieve, una camiseta polo con un estampado casi invisible de una marca reconocida. Le ajustaba perfecto a la breve cintura que lucía, después de secarse el cabello, se hizo una cola con su cabello que adornó con un broche de flores y bajó por la escalera al comedor, de pequeños saltos, un tanto coquetos, llamando la atención de los comensales.

La hora de los alimentos para los huéspedes que estaban con fines de descanso no era nada riguroso, el servicio era de las seis de la mañana hasta las diez de la noche. En ese momento ella llegó alegre, lo que mostró con un coqueto salto al terminar de bajar la escalera del penúltimo peldaño, con la mirada recorrió el espacio y ubicó una mesa que le permitía ver de frente a la calle por un cristal de tamaño de la pared, así como la salida del local, la puerta de la cocina y las escaleras. Cualquiera que la mirara en ese rincón pensaría que se escondía de alguien, contrario a lo que ella deseaba, era tener para sí todo el escenario. Llegó el mesero y ordenó, "tráigame un café sin azúcar, pan tostado y mantequilla, huevos estrellados con tocino y un jugo de naranja natural". El café fue servido inmediatamente, mientras, de pie cruzado con el zapato al vuelo y la mano en su barbilla esperaba pacientemente, cuando bebía el segundo trago de su café, miró que venía la encargada del hotel hacia su mesa, en cuanto llegó, se sentó, la saludó, "¡hola, Irene!, ¿cómo te fue en el viaje relámpago, por cierto?", preguntó Mariana, "muy bien, señora, a mí, su esposo me dijo que…", una bruma se le formó en la cabeza conforme iba escuchando el relato, y en lo único que tuvo conciencia fue en la última palabra …*divorcio.*

Le retumbó en la cabeza, como un mazazo que la sacó casi de su realidad, la dejó muda. Mariana siguió el relato boquiabierto, incrédula de lo que Irene le decía, aunque fue breve el mensaje no lo esperaba tan hiriente, los ojos inundados de lágrimas y tomándole la mano le dijo "gracias, Irene, esto me obliga a quedarme un tiempo más", Irene le dio un beso en la mejilla, con los ojos húmedos le dijo "¡para servirle, señora!", y se fue.

Irene apreciaba a Mariana, la conocía desde que ella tenía uso de razón, la consideraba parte de su familia, así lo demostraba cada vez que ella llegaba a la isla, esperaba a Mariana con gusto. Se había retirado Irene, cuando llegó la orden, el hambre no menguó, con mucha tranquilidad untó la mantequilla al pan recién horneado, bebió un trago de jugo y pidió más café, mientras tomaba los alimentos, se encontraba concentrada en el mensaje recibido, repitiéndose en sus oídos lo último que le dijo Irene, "que dice su esposo que quiere el *divorcio*, que dice su esposo que quiere el *divorcio*, que dice su espo…".

Terminó el desayuno y fue a su cuarto, por debajo de la cola de cabello se ajustó una visera, se colocó sus lentes para sol, antes desocupó la vejiga y se fue a la calle. Tenía la intención de visitar un pequeño faro, a donde fue inmediatamente, deseaba un poco de soledad. Siempre que visitaba la aldea deseaba ir ahí, estaba ubicado a escasos centenares de metros de la casa de huéspedes, en la parte más alta de la isla, sobre un peñasco, alrededor de este, unas enormes piedras que emergían de la tierra, rodeadas de bloques de hormigón donde se rompían las olas formando una capa espumosa, hacían espectacular la vista al generarse la brisa que le bañaba la cara, sin duda el escenario era fabuloso. Mariana se sentó cómodamente en una piedra, su conciencia y el corazón los sentía tranquilos, repentinamente recordó el mensaje que le dieran de su esposo, y la dolorosa noticia de la solicitud de divorcio.

Ella consideraba esa acción de Roberto una falta de respeto y traición, no era por la disolución matrimonial que su esposo deseaba, sino la forma como ella se enteró, por una segunda persona. Por qué no tuvo él los suficientes pantalones para enfrentar esa situación incómoda y embarazosa, eso pensaba, taladrándole el cerebro, apachurrándole el corazón. Se preguntaba si sentía algo por su esposo, ¿será costumbre?, no entendía nada y se quedó cavilando, metiéndose en los vericuetos de una vida que disfrutó mientras duró el amor, la pasión, el respeto, sobre todo, la fidelidad de su esposo, que se había perdido en el ir y venir de reuniones sindicales, convivencias con diversos trovadores y despilfarro de tiempos.

De tanto buscar en ese berenjenal, de haber dado una vista rápida de su vida, encontró que por Roberto su esposo no sentía ya nada, que de tantos bochornos que le hiciera pasar, ahora, como él, deseaba la disolución de ese vínculo matrimonial, el cual estaba sintiendo como piedra que le aprisionaba pecho, y la hundía poco a poco en un fangoso y pestilente mar, se sentía abrumada. Era el segundo día de estancia en esa isla, diáfano, con un oleaje tranquilo, los riscos hacían una hermosa vista, Mariana no lo apreciaba por estar ensimismada en sus pensamientos, miraba sin ver, oía sin escuchar, olía sin identificar los olores, una caliente corriente sintió en su cuerpo, no sabía si de coraje, desilusión, desamor, o deseo, quedándose por un largo rato como estatua.

Repentinamente y sin sentir, a su lado apareció un anciano, ella no había olvidado el susto de la tarde anterior y se sorprendió, intentando huir, "no tema, señorita", le dijo el transparente hombrecillo con una voz casi inaudible, llevaba un sombrero de palma muy deteriorado, su camisa que en otro tiempo fuera de vivos colores, ahora se miraba opaca y sin vida, un pantalón de mucho uso de un color caqui muy desteñido, sus huaraches con suela de neumático y un forro apenas visible de cuero crudo sostenido por tres hilos de baqueta. Ella recordó a un familiar de Roberto, su aún esposo y le causó ternura, lo miró detenidamente, el anciano no habló, llevaba un porongo con agua de coco, le compartió, educadamente ella bebió, saboreó la bebida, estaba acompañado de alcohol, el sabor la trasladó al comedor de la casa de huéspedes y mercado de las carpas, donde las mujeres deslenguadas ofrecían sus productos y le había invitado un papón un joven desconocido.

Era media mañana cuando el anciano casi terminó el agua de coco, no se miraba alterado y Mariana le invitó otro, al principio no aceptó, pero la insistencia de ella casi lo obligó. Mariana sabía que con un buen trago se le bajaría ese malestar que traía metido en la cabeza, no en el corazón, por lo que le insistió hasta convencerlo, "vaya, se lo pido de favor, lo espero en el faro", "soy el farero", le contestó el viejo, levantándose para ir por otra ración de agua y ron, asombrada le dijo, "mejor, así me enseña cómo funciona el faro", una sonrisa se les dibujó a ambos como cómplices de algo ilícito.

Miró al anciano irse rumbo al caserío y ella decidió esperarlo en el lugar, mientras, disfrutó del cuadro que se formaba con el paisaje de la costa bañada de sol, invadida de rústicas lanchas hechas de bambú, que los aldeanos usaban para la pesca. Antes de media hora el viejo había regresado y le llamó, "¡vamos pues, señorita!", ella aún ensimismada en el escenario, muy lejos, lo escuchó, volteó, y entumecida difícilmente se puso de pie, luego emprendieron la pequeña subida a la casita que estaba al pie del faro. El farero dijo llamarse Fluvio, mientras subían la pequeña cuesta conversaban, al llegar al faro, él no intentó entrar a la casucha que fungía como estancia del vigilante, sino que invitó a Mariana a sentarse en los escalones, ahí permanecieron en silencio por un largo tiempo, bebiendo del porongo.

Después del mutismo en el que se hundieron ambos, el viejo, que no tenía familia, aseguró haberla perdido en una borrasca en alta mar, en la huida de su país de origen, en una frágil balsa, desorientados y a la deriva. Solo venían su esposa y su hija, y a ambas perdió, y que para esas fechas su hija estaría casadera. Mientras se refería a su triste historia, los ojos del hombrecito se llenaban de lágrimas, ella respetó el silencio del viejo, lo miraba de reojo para no incomodarlo, él, se limpiaba la cara tallándose bruscamente con la manga de la camisa, más tranquilo, bebió una vez más un trago gordo del porongo, le ofreció a Mariana, quien bebió a boca de botella sin inmutarse, a pesar de ser muy escrupulosa, luego sacó de entre sus ropas un habanero, "es nativo de mi tierra, niña", dijo, encendiéndolo y tras algunas bocanadas se miró desinhibido, ella estaba mareada por el fuerte humo de puro.

Fluvio le contó a Mariana que era de Cuba, que se encontraba en ese lugar desde un tiempo que no supo definir, no tenía otra parte a donde ir, y la existencia para él no tenía sentido desde la pérdida de su familia, no existía ni el principio ni el fin, aseguró que el faro lo atendía por un acuerdo con el representante del pueblo, a cambio de comida, techo y una damajuana de ron al mes, solo que se le había terminado y aun no era el tiempo para que le surtieran el elixir de los dioses, como solía llamarle al ron. Continuaron con la charla, le dijo no saber cuántos años tenía, pero que no importaba, porque la razón de su existencia se terminó cuando su mujer e hija murieron, también le confió que su mente le traicionaba algunas veces y que se veía en ocasiones en otros lugares.

Hasta ese momento Mariana no había mencionado hecho alguno de su vida, después de un silencio conveniente le dijo a Fluvio "me llamo Mariana, Mariana Noñí, creo que mis orígenes son caribeños, de alguna isla, no sé de cual, pero soy caribeña". Él, con la mirada en lo lejos del mar, sin ver nada, no le respondió, ella guardó silencio, esperando que él reaccionara, comprendía su estado, casi se miraba en esas condiciones en un futuro próximo, su situación en ese momento no sabía cómo visualizarla, de que era crítica estaba segura, lo que no encontraba, era la razón por la que Roberto su esposo quería el divorcio. ¿Otra mujer, quizá?, ¿el trabajo que lo agobia?, ¿problemas económicos?, se preguntaba, concluyendo en infidelidad. "¡Sí, es una mujer!", esto lo dijo en voz alta y Fluvio preguntó "¿dónde?".

El farero le dijo a Mariana que algunas veces sentía vivir en otros lugares, miraba a su esposa casi agonizante en un lugar desconocido, mientras que, en otro, le entregara a una desconocida su hija recién nacida, no sabía explicar cómo su mujer hubiera muerto dos veces, en la borrasca en medio del mar y en un parto que él presenció. "Siento volverme loco cada vez que revivo esos momentos", le dijo. Luego volteó, como si adivinara el pasado de Mariana, le dijo, "lo que sufres tú hija, te va a pasar, saldrás adelante y vivirás plenamente, mira que te lo dice Fluvio", le confirmó, mirándola a los ojos.

A Mariana se le iba el alma en pensar como saldría de esa situación tan inesperada y estresante, no sabía por qué, pero estaba segura que Roberto le estaba preparando algo no muy agradable, situación que le obligó de nuevo a pensar y preguntarse, ¿hasta dónde ella amaba a su esposo? Recordaba lo sucedido a su llegada a la isla, cómo a través de unos tragos de alcohol fue a caer en los brazos de un desconocido, haber sentido un placer indescriptible, algo jamás experimentado, después de tantos años de matrimonio nunca vivió esa experiencia, promovida por ella misma con el desconocido, eso le incomodaba. Su familia era sin duda un núcleo de mucho respeto, tras varias décadas de estar juntos, estaba segura de que sería para siempre y sus hijos les darían nuevos herederos, quienes conocerían el amor, la paciencia, la protección y tolerancia excesiva que muestran siempre los abuelos hacia los nietos.

En un maremágnum de pensamientos que no lograba organizar, se veía turbada, lo que casi le obligó a contarle todo a Fluvio, quien desde el principio la escuchó muy atento, sin interrumpir. Empezó por platicarle de los hechos con el tipo del borsalino en la casa de huéspedes, algo que ella reprobó contundentemente, lo inquietante que fue la invitación del papón en el mercado de las carpas por un joven lugareño, el palpitar de su corazón, casi a punto de detenerse ante la noticia inesperada de que su esposo quería divorciarse, ahí fue donde el llanto se derramó sin explicárselo y dijo, apoyándose en las rodillas de Fluvio, "¡no es por él!, ¡es por mí!".

Con sus manos toscas y las uñas invadidas por una gruesa capa de mugre, Fluvio trató de calmarla acariciándole los cabellos, ella inconsolable seguía sollozando, alzó la cabeza y miró al viejo como si mirara al padre que jamás tuvo, el anciano tenía una mirada que irradiaba ternura, una compasión que poco a poco le fue trayendo calma. Los ojos arrugados del anciano, con una mirada transparente y compasiva a la que Mariana se aferró, sintió que era su tabla de salvación en ese momento, encontraba en ese brillo algo más que comprensión, porque era una mirada de amor filial jamás experimentado. Él, veía en ella a la hija perdida, ella al padre que añoró siempre, en ese momento, identificados por las ausencias y envueltos en encrucijadas diferentes, se abrazó al regazo del anciano, él, amorosamente continuó acariciando el cabello descubierto de Mariana, intentando tranquilizarla, le dijo: "Si no eres feliz en el litoral donde te encuentras, emprende el viaje, que aun siendo una balsa tu nave, quizá encuentres la felicidad y la paz espiritual que buscas en el otro extremo, y aunque la borrasca sea fuerte, nunca te rindas".

Escuchó atenta y en silencio, el estentóreo sonido de esa voz era profundo, se le dejaba entrever algo de misterio, aun así, ella continuó narrándole los últimos hechos que afirmó le hacían sentir mal, como si su vida no hubiese valido la pena, ni el amor que puso al criar a sus hijos, atender en todos los sentidos a su esposo, estaba segura por eso, no haber deshonrado a su marido cuando se encontró en la cama con el desconocido del borsalino, que finalmente solo estaba abonándose de la cuenta que muy caro le harían pagar, él, la escuchaba pacientemente sin opinar, como tratando de encontrar las palabras adecuadas para una mujer herida, solo se atrevió a decir "abandona el litoral que te hace infeliz".

Mariana se confortó con estar en el regazo del anciano, el tiempo no lo sintió, sería medio día cuando se despidieron, ella hizo el compromiso de regresar en cuanto pudiera, "espero estar aquí", le dijo Fluvio, ella se despidió, él, de pie y con su mano le dijo adiós, mientras ella bajaba la cuesta rumbo al caserío, miró de nuevo al anciano y notó una figura transparente. Mariana se preguntaba por qué después de haber bebido del porongo con suficiente agua y ron, no se había mareado, sí que está raro, pensó. Continuó con el camino, una corriente de aire le hacía volar la cola de cabello, sus lentes para sol le favorecían en el camino, ya que este estaba en el cenit y calentaba más que suficiente para hacerla transpirar, ella exudaba abundantemente, su sensibilidad al calor era extrema, insolada y bañada en un mar de agua salina, llegó a la casa de huéspedes.

Irene estaba preocupada porque con la noticia que le dio a boca de jarro, evidenció Mariana su sorpresa con un transparente color repentino en su piel, que le recorrió su cara, le desapareció el rubor en sus mejillas y con los ojos desorbitados solo la escuchó. Ahora la veía venir de nuevo y la abordó, un vaso con limonada llevaba en la mano, "para el bochorno", le dijo. Mariana, extenuada, se sentó en la mesa cerca de la ventana, ventilaba bien el aire de la playa, mientras se refrescaba, le contó lo sucedido con Fluvio, el anciano farero a quien le confió lo que estaba ella viviendo, le dijo que había llorado en su regazo y que bebieron dos porongos de agua de coco con ron, "y ni me mareé", le dijo; Irene se le quedó mirando y preguntó "¿está usted segura, señora?". "¿Por qué no?", preguntó ella. "¡Porque el anciano hace un año que murió!", le contestó Irene. Mariana se sintió envuelta en una profunda oscuridad y un vacío la llevó fuertemente a un desvanecimiento, como un atadijo cayó a los pies de Irene, quien no tuvo tiempo para detenerla antes que llegara al piso, su cuerpo yacía inerte en el firme cuando un mesero ayudó a levantarla, trajeron alcohol del botiquín de primeros auxilios de la cocina y la reanimaron, por el tremendo porrazo que recibió, se le generó un fastuoso morete que en poco tiempo se le tornó de un tono cárdeno.

TURBULENCIAS

Había de pasar una noche para que el efecto de un ungüento sobre el golpe casi desapareciera, y el morete fuera menos visible. Con todo y su mejoría, Mariana sentía una resaca aguda, como si hubiera bebido todo el día anterior, la experiencia con Fluvio, ahora, enterada de su muerte, la ponía en una situación de sentimientos encontrados, no entendía como había sido posible la charla con un fantasma. La comprensión de éste en el momento crucial de su desilusión, le generaba un espumarajo en la mollera que no le dejaba hilar bien sus ideas. En su cuarto, sola y sintiendo como lentamente fluía el aire del viejo ventilador que generaba un ruido constante, como música de fondo, hacía mayor su concentración.

Pasaba de un pensamiento a otro, Fluvio, Roberto, Irene, el hombre del borsalino. En quien más se concentraba era en este último, desconocido totalmente, viviendo de nuevo los momentos que dos días atrás viviera intensamente, tanto que la hacían estremecer, "y no ha regresado", pensó en voz alta. En eso pensaba cuando tocaron la puerta, después de tocar, preguntó si podía pasar, era Irene, en una mesita de cama, le llevaba un jugo de naranja, pan tostado y café, no era un servicio que hubiera solicitado, más bien era la inquietud de Irene por saber el estado de Mariana. Irene le colocó cuidadosamente la mesita en la cama, para que tomara los ligeros alimentos a los que estaba acostumbrada; Mariana tomó con paciencia la vianda, mientras Irene la contemplaba.

"¿Se piensa quedar unos días más, señora?", preguntó la administradora a Mariana, quien miró a la mujer sin darle respuesta, masticando lentamente la rebanada de pan y bebiendo tranquilamente el café, "no sé aún", contestó, continuando con su merienda. Irene, inquieta, se asomó a la ventana, una brisa leve entraba por debajo de la muselina, sin mirar hacia la cama donde descansaba la huésped, le preguntó, "¿ha visto de nuevo al señor del borsalino, señora?". Mariana se quedó sorprendida, jamás esperaba ser cuestionada sobre un tema para ella tan personal, siempre pensó que nadie sabía de lo sucedido con ese tipo, no supo que decir en el momento, evadiendo el tema, dijo, "estuvo muy rico el desayuno, Irene, lo cargas a mi cuenta, me voy a bañar, todo se te agradece". Se paró de la cama y se fue al baño sin agregar más, mientras Irene recogía los enseres domésticos y salía de la habitación un tanto avergonzada por lo que preguntó.

En la cabeza de Mariana retumbaba la pregunta de la administradora, abrió la llave de la regadera y bajo el agua fresca que recorrió todo su cuerpo, trató de no pensar, se mantuvo parada fijamente, sintiendo el agua fresca y escuchando el ruido de esta al caer al piso. Después del relajante baño, salió desnuda con la toalla envuelta en la cabeza, tomó una bata transparente con la que se cubrió, antes, se aplicó la crema humectante para el cuerpo, Irene había quedado en traerle toda su ropa que estaba en la lavandería, mientras llegaba, fue a la ventana, con el cabello húmedo que intentó secar, a través de la muselina miraba el exterior, algunas personas pasaban y otras ofrecían productos a los transeúntes. Recordó lo del divorcio, por lo que sintió tristeza, frustración, coraje y deseó tener frente a ella a Roberto, sacudirlo y hacerle ver su error, y las consecuencias que les traería a todos los que integran la familia, solo que estaba a varios miles de kilómetros de distancia e incomunicados. Ahí permaneció hasta que llegaron con su ropa, lista para usarla, deseaba salir de esa cueva, así sentía el cuarto del hotel, por lo que se vistió con su jeans preferido, la blusa floreada, los huaraches de piel con florecitas de colores, una visera, tomó su bolso donde aún se encontraba el recado y el billete que le dejara el amante desconocido, y salió de la habitación.

Media mañana del tercer día de su estancia en la isla marcaba el reloj, cuando salió Mariana a la calle, era un día diáfano, llevaba en mente ir al faro, deseaba encontrarse de nuevo con Fluvio. Para llegar al faro, debía pasar por la calle de las carpas que siempre se encontraban atestadas de personas, unas de compras, otras con productos en venta, algunos más solo de paseo, además de los ociosos, buscando algo mal puesto para llevárselo, la delincuencia nunca descansa. Recordaba a su madre, que le decía cuando ella salía de casa, "ten cuidado, el mal no duerme". Inconscientemente, fue a parar a la carpa azul, donde el joven guapo le ofreciera el coco con ginebra, no esperaba encontrarlo, ella deseaba platicar de nuevo con el farero, sin embargo, al pasar por la carpa, tomó asiento.

Se abanicaba con una de las cartas de menú que ofrecía el local, cuando llegó el mesero con un papón, le adornaba un par de popotes, estaba sentado sobre cerrito de hielo picado, al probarlo, comprobó que iba acompañado de ginebra, ella miró al mesero como preguntando ¿por qué?, él también la miró y dijo, "¡es lo que acostumbra, señora!". Ella asintió con la cabeza, esperaba que fuera del mismo joven que se lo ofreció anteriormente. Ahí estuvo durante largo tiempo, el olor a las fritangas de pescado le llegaba a su olfato, por lo que pensó ir después en busca del lugar donde se expendían, el olor a pescado frito le abrió el apetito, el gruñido de sus tripas le avisaron que solo llevaba pan con mantequilla, café y jugo de naranja, necesitaban alimento. La visera no le permitía ver completamente, al pararse e ir en busca del lugar, de frente quedó a la cara del joven que la impresionara la primera vez, de lleno golpeó su rostro el olor a hombre, dado que el tipo usaba una camisa desbotonada del pecho, era de gran altura, por lo que sus rizados vellos del pecho le quedaron frente a las fosas nasales, permitiendo así, aspirar ese aroma para ella tan agradable que la excitó.

Ahí estuvieron por un momento, que le pareció un siglo. Ninguno de los ahí presentes lo notaron, la bullaranga era extrema a esa hora, griteríos de mujeres que ofrecían sus productos, otros solicitando servicio, de tal manera que solo ellos notaron su presencia, "¡la invito a comer!", le dijo el joven. Ella no contestó, no atinaba que hacer, sentía que en ese momento el destino la estaba jugando una mala pasada, la necesidad de una compañía sincera era lo que le exigía el momento, mas no una aventura como el joven pretendía. Podría ser su hijo, dada la edad que aparentaba, sin embargo, solo tomó su mano y lo condujo rumbo al lugar de donde provenía el olor a las fritangas, él sorprendido se dejaba llevar.

Caminaban de la mano entre la gente, repentinamente, empezaron las rechiflas de algunos jóvenes amigos de él, burlándose por ir de la mano de la mujer que podría ser su madre. Ante esta situación intentó soltarse, al lograrlo, salió disparado en sentido contrario a donde lo conducía ella. Mariana no se sorprendió, esperaba quizá esa reacción, se consoló sin avergonzarse, argumentándose para sí, que su pretensión fue darle una lección a ese donjuán de segunda, aun así, no dejó de sentir cierta incomodidad, dada la reacción del imberbe. Ella continuó hasta llegar al local donde se encontraba el cazo con aceite hirviendo ya muy quemado, donde nadaban algunos pescados que solo esperaban cocinarse para ponerlos en los platos de los comensales. Se abrió paso entre los que rodeaban el lugar, hizo espacio en una mesa repleta y esperó. Unos minutos después, le llegó un plato con tres pescados fritos y un tenedor, ávidamente los destrozó, consumiendo hábilmente la carne blanca, acompañándose con un vaso de agua fresca de maracuyá, típica en la isla, sin importarle la resolana del medio día. Después de satisfacer el hambre, reposó un buen rato, en su acostumbrada posición, solo miraba los transeúntes, predominando la gente de color.

Sentada en la mesa, sola, Mariana añoraba la compañía de alguien, principalmente de Fluvio, el fantasma del farero, aunque no creía que hubiera estado charlando con alguien que había muerto, se preguntaba, "¿sería también el del borsalino un fantasma?". No había vuelto a ver al hombre del borsalino desde la noche del encuentro furtivo, hasta estaba dudando que existiera, sin embargo, lo sintió en la habitación y en ese momento deseaba encontrarlo, sin imaginar que pronto tendrían un nuevo encuentro.

Habrían pasado muchos minutos, ella seguía sola en la mesa, cuando decidió ir a pasear. Las nubes aparecieron sobre la isla, el ambiente mejoró, ahora más agradable, por lo que decidió ir a caminar, tomando el rumbo de la playa, que estaba sola como ella. A lo lejos se veían algunos pescadores, caminó hasta llegar a las rocas que estaban en silencio, la marea estaba baja y el oleaje sereno. Se sentó sobre la áspera y húmeda roca de mayor tamaño, con sus huaraches en la mano posó mirando los peces que nadaban cerca. Estaba tan tranquila y transparente el agua que se miraba el fondo, no muy profundo, el aire le hacía sentir bien, a pesar de que el sol se movía muy rápido, para ella el día estaba siendo largo, la vista perdida en el horizonte la hacía abandonarse en los vericuetos del trance por el que estaba pasando.

"Divorcio", pensó, de forma tan inconsciente, que no estaba considerado en sus principios este concepto, jamás había pensado en él, ni como una posibilidad fatal en su vida. "Jamás me pasará a mí", solía decir a sus amigas que habían pasado por esa situación tan embarazosa, o en condiciones de separación temporal, o en proceso judicial. "Lo nuestro está firme!", dijo en una ocasión. Alguien cercana a su vida y familia le dijo, "nada es para siempre, amiga, ni la vida". Ella recordaba ese comentario ahora, sola y con la mirada en el infinito, se daba cuenta que le tocaba a ella sufrir las consecuencias que trae la disolución matrimonial, no sabía a quién culpar, si a ella o a Roberto, lo que finalmente le causaba pesar y sufrimiento.

La distancia y su soledad no le estaban haciendo nada bien. El llanto llamó a su puerta, no dudó en dejarlo salir, las manos crispadas, las lágrimas que corrían por sus mejillas le quemaban. Sentía un vacío en el corazón, pensaba en sus hijos, en su madre que a pesar de tantos años que no estaba a su lado, le seguía haciendo falta, ahora más que nunca. Irene la había estado buscando durante horas, estaba impaciente por su ausencia, nuca había tenido esa conducta, en sus anteriores viajes, solo llegaba, hacía la visita a la tumba de su madre y regresaba, eran dos días a lo sumo su estancia en la isla. La noticia que le diera a boca de jarro no fue asimilada por Mariana, por lo que la administradora de la casa de huéspedes se sentía responsable de la integridad física y moral de Mariana, dada su intransigencia al darle la noticia. Estaba consciente del mal que originó, por lo que se sentía responsable, y lo que no sabía era que el sentimiento de su huésped la estaba haciendo trizas.

Después de andar por los lugares que Irene creyó visitaría su huésped y no la encontrara, desistió, de regreso a su trabajo, la divisó sobre las rocas a la orilla de la playa y respiró profundamente. Fue un tanto desesperada rumbo a donde se encontraba Mariana, la pobre mujer estaba en un mar de lágrimas, sus ojos irritados de tanto llorar y con la mirada perdida, al lado de ella, le tomó el hombro y reaccionó. Mariana se estremeció al momento que le tocó y se abrazaron. "Señora, estaba muy asustada, tiene casi todo el día fuera y nadie me daba razón de usted", le dijo Irene, entonces comprendió lo mal que estaba, lloraron juntas, una tratando de consolarse, otra esperando se calmara para llevársela del lugar a descansar en la tranquilidad de su habitación. Después de restablecerla, dispuesta a acompañarla, se fueron abrazadas por la playa, tomado el rumbo de la casa de huéspedes.

Al llegar al hotel, la instaló en su habitación, indicó que no la molestaran, le llevó un té tranquilizante y se quedó con ella hasta que la convenció de darse un baño, después, más relajada se tiró en la cama, "quisiera dormir y no despertar nunca", le dijo a Irene; la amiga, pensando en alguna fatalidad, le dijo, "no me asuste, señora". Se quedó ahí hasta que Mariana, entre sollozos, quedó completamente dormida. De puntitas salió de la habitación, regresaba cada media hora. Era de noche cuando decidió despertarla, consideró tiempo suficiente, llevaba una charola con fruta y leche tibia endulzada con miel de abeja, remedio infalible para el insomnio. Mariana pesadamente se incorporó, esperó ubicarse, aún con la modorra, tomó la leche tibia, mordisqueó la fruta, fue al baño y le pidió a Irene la dejara sola, que no temiera nada, ella se amaba y deseaba vivir, fue cuando la mujer se convenció que estaría mejor al siguiente día, bajó y le pidió al músico que suspendiera sus hermosas melodías, no dio explicaciones, solo deseaba no perturbar el sueño de su huésped.

Por la mañana, Irene, con ojeras de oso panda, no había dormido, preocupada por Mariana. Llegó a la cocina, tomó un tarro de café sin azúcar y una taza con leche tibia, unos panes recién traídos de la panadería y se fue a la habitación de Mariana, tocó la puerta y al escuchar "pase", sintió un alivio, entró y colocó todo en el viejo buró, le dio un beso en la frente a su huésped, mostrando su alegría, "que bien se mira, señora", dijo Irene, "tú no te ves tan bien, mujer, qué te aqueja", le dijo de buen talante. Irene solo se limitó a acercarle la charola a Mariana, quien ya estaba más restablecida de lo sucedido el día anterior, y no deseaba recordar. Tomando la taza de leche y un pan aun humeando de calientito, le dijo a Irene, "me siento como nueva, he puesto mis ideas en orden y pienso quedarme mucho más tiempo, quizá ya no regrese, aunque eso es imposible, tú lo sabes, de lo que sí estoy segura, es que tendrás que aguantarme mucho más tiempo del que pensabas". Irene solo abrió los ojos de gusto, "el tiempo que quiera, señora", le contestó. Permaneció un rato más y luego salió con la charola vacía en la mano, tarareando una vieja canción, manifestando su alborozo por ver a Mariana restablecida.

A media mañana del cuarto día de estancia en esa isla remota, Mariana bajó por las escaleras, llevaba sus jeans preferidos, zapato tenis blanco, una blusa entallada al cuerpo de colores vivos, un sombrero de ala ancha para playa y su bolso al hombro. Como una nueva mujer dijo, "buenos días", Irene, que estaba en el lugar, le contestó muy efusiva, "muy buenos días", encaminándose a ella, "¡es usted otra, señora!, la tomó de la mano y con ella en lo alto le dio vuelta admirándola, a Mariana le agradó ese detalle, agregando, "en verdad soy otra, Irene". Tomó asiento, pidió se le sirviera un desayuno ligero, pero nutritivo, otro mesero ya traía un café, pan tostado y mermelada, "mientras llega su orden, señora", le dijo el camarero, ella sorbió el café, untó la mermelada en el pan, luego se lo llevó a la boca y delicadamente lo mordió, estaba en eso cuando miró al tipo del borsalino, rejuvenecido, un sombrero tipo panamá blanco, una camisa de lino blanca y su short también blanco, haciendo un conjunto muy ad hoc, unas sandalias para playa y su pipa donde resaltaba un anillo de oro, sobre la cazoleta y en la cánula, bebía un café mientras miraba a Mariana. Ella se quedó con el pan en el aire, no masticaba, sus miradas se cruzaron, la cara de ella se iluminó de alegría, entonces fue cuando masticó con una sonrisa, tomó la taza de café y pastoreando en el campo de la coquetería, hizo una invitación discreta, que el hombre respondió de la misma manera. "Su orden, señora", le dijo el camarero, llevaba un plato con huevos fritos y unas tiras de tocino, una porción de leche en un pequeño tarro, pan de caja tostado y una charolita con fruta bañado con yogurt, "gracias", contestó, y tomando los cubiertos inició el desayuno sin perder de vista al hombre que jamás esperaba mirar de nuevo.

Mariana no sabía nada del tipo aquel, sus rasgos eran armoniosos con el atuendo, sabía vestir, y Mariana sentía que más deseaba saber de él. El hombre no se movió, ella terminó su desayuno, le retiraron la mesa, él pidió otro café y con la taza hizo la invitación, ella lo aceptó, él se levantó de su mesa y fue a la de ella. Mariana sentía que la sangre se le estaba convirtiendo en una corriente espesa por la emoción que sentía, al llegar él, tomó asiento y dijo "buenos días, nos volvemos a encontrar".

El tipo tenía una sonrisa limpia, sus blancos dientes destellaban con la luz del fuerte sol del exterior, su piel de un color blanco como la leche, resaltaban unas chapetas parecidos a los de papá Noel. La barba bien recortada de color blanco que hacía juego con una medalla de oro de donde colgaba un dije en forma de estrella, sus manos que colocó en la mesa, eran de un hombre con clase, limpias y sin alguna señal de vejez, de un color rosado y un reloj que resaltaba por las mangas recogidas de su limpia camisa. Ella estaba impactada, no pudo ocultarlo, sus ojos destellaban felicidad, se sonrojaba, las manos le sudaban, no sabía que le pasaba cuando sentía cerca a ese tipo, no sabía que decir. Entonces él, de nuevo habló y dijo, "¿podremos pasear por la playa?". No esperando mucho dijo ella, "claro", tomando su bolso se paró, se colocó el sombrero, miró a Irene y le guiñó el ojo, Irene solo le sonrió, demostrando alegría.

Mariana había olvidado lo del día anterior, era bueno sin duda, a esas horas un día antes estaba desecha, no tenía idea lo que ella era en aquellos momentos, llegando a pensar en la fatal idea del final de su existencia. Jamás lo dijo ni lo diría, era demasiado orgullosa, con una fortaleza a prueba de lo que fuera. Ahora su semblante irradiaba luz, felicidad y esperanza, era otro ser el que iba por la calle. Tomaron la avenida principal rumbo a la playa, iban como viejos amigos, solo caminando, ella no tocaba el suelo, él, con una naturalidad que aparentaban conocerse desde tiempo atrás, no hablaban, las miradas lo decían todo. Evidenciaban la tranquilidad que les hacía sentir el uno del otro, así caminaron hasta llegar a las rocas donde estuvo ella llorando por su pasado y sin saber de su futuro, esperando una compañía, deseando la compañía tan ansiada que hoy llevaba y la hacía sentir tranquila.

Se sentaron sobre las rocas, con la mirada fija al horizonte, esperaban ambos algo que conversar sin atreverse ninguno a dar el primer paso. "¡Es la mañana más hermosa que he visto!", dijo ella, con una voz muy varonil a pesar de su edad que no era de un viejo, confirmó, "sin duda así es". Continuando quietos, sin mirarse, las gaviotas volaban sobre sus cabezas, a lo lejos pasaba un transatlántico sin ruido, como fantasma, luego voltearon y sus miradas quedaron cruzadas sin mover los párpados, "¡eres hermosa!", dijo él, "gracias", contestó, y dijo tuteándolo, "tú muy atractivo", sonrojándose, él sacó su pipa, la encendió disfrutando el humo, ella lo admiraba, para no evidenciar lo que sentía, volteó de nuevo hacia el horizonte, quedando quieta.

El sol estaba en su cenit, era fuerte el calor, ninguno de los dos había hasta entonces dicho algo, ella buscaba en la mirada de él algún indicio de sus intenciones, pero solo encontraba un silencio total, sin ninguna expresión, él esperaba que ella tomara la iniciativa de una conversación que no se había dado desde que salieron de la casa de huéspedes. Mariana se empezó a preocupar, aquella emoción que sintió al encontrarse de nuevo al tipo que le demostró lo que como mujer podía ser, en un momento le hizo sentir temor, por lo que solo dijo, "¡iremos a tomar un refresco!", él volteó, la miró, sin decir palabra asintió con la cabeza, le mostró la mano caballerosamente, bajaron de la roca tomando el rumbo del hotel. Al llegar, tomaron asiento en una de las mesas más apartadas y pidieron limonada con mucho hielo, ella seguía esperando. Dejó de mirar al hombre, desvió la mirada y se encontró con los profundos ojos del joven de las carpas, se estremeció.

El tipo con la camisa desbotonada hasta el ombligo la miraba insistentemente, el del borsalino solo dijo, "¿lo conoces?", un poco turbada ella tardó en contestar, "¡lo he mirado en el mercado de las carpas!", fue todo lo que dijo, bebiendo la limonada sin poder evitar la ansiedad que sentía en esa situación, para ella desconocida. El tipo se levantó de la silla y se despidió, de nuevo le escribió una nota en la servilleta que decía "nos vemos luego" y dejó un billete de alta denominación. Esa acción le hizo recordar los hechos de la primera noche, se sintió avergonzada, mientras el joven la seguía mirando, ella, tomó el bolso y se fue a su cuarto, al pasar cerca de Irene, en un susurro le dijo, "te espero en mi cuarto", subiendo rápidamente las escaleras, al dar la vuelta en la segunda planta, verificó de reojo si el joven ahí seguía, al mirarla, le guiñó un ojo y la impactó.

Minutos después de que ella entrara a su habitación, se oyeron unos leves golpecitos a la puerta, dudó en contestar, "¡soy yo!", dijo Irene, "pasa", contestó Mariana, a quien le sudaban las manos, la frente perlada de sudor frío le hacía ver temerosa, una apariencia muy diferente a la que tenía cuando se fue con el tipo del borsalino. En cuanto entró Irene, la abrazó y empezó a llorar, la casera trataba de consolarla, aun sin saber que pasaba, hasta que se tranquilizó, se recostó en la cama y le contó la historia a su amiga, quien boquiabierta la escuchaba; cuando se calló Mariana, ella solo dijo "no puedo creerlo". Con los ojos bien abiertos, Irene dijo, "señora, quizá está metida en un problema", sin pretender alarmarla lo logró, "me voy mañana mismo, ni un minuto más me quedo", afirmó Mariana recogiendo sus prendas y muy desesperada las metía en su maletita desordenadamente, hablaba y hablaba, Irene solo la seguía con la mirada sin decir nada, esperaba solo que se tranquilizara, al ver que estaba llevando las cosas más allá de lo que ella le quiso decir con su comentario, trató de calmarla.

Minutos más tarde, más tranquila, Mariana se sentó en el borde de la cama, se cruzó de piernas, con la barbilla en su mano empuñada, la mirada fija en la pared, se dispuso a escuchar a su amiga, que le dijo, "no hay que precipitarse, señora, estos hombres la buscan a usted por ser una mujer muy linda y simpática, de ahí no pasa, considérelo, no se deje llevar por los nervios, ¿o quiere regresar al lado de su esposo que se quiere divorciar?". Cuando escuchó el comentario, reaccionó, "nooooo, eso jamás, me quedo y veré que quieren los tipos estos, no van a ser más fuertes que yo, eso no", y se recostó, Irene entendió y se paró, "duerma señora, necesita descansar, en dos horas le traeré sus alimentos". Así lo hizo, salió de la habitación colocando el seguro por dentro.

Mariana se quedó profundamente dormida, era medio día, solo que a ella no le importó, lo que deseaba era descansar y estar con la mente lúcida para la tarde, por si se presentaba alguna novedad. En la profundidad del sueño, empezó a vivir una situación confusa, como suelen ser los sueños, se encontró de pronto entre una multitud que gritaba desaforadamente, el motivo era porque la tierra estaba perdiendo su gravedad y como consecuencia las personas estaba desapareciendo hacia el infinito, en un pequeño salto los cuerpos eran lanzados hacia el cielo hasta perderse, había quienes podían controlar ese salto, casualmente los que habitaban la isla, se podían trasladar a través del espacio a varios kilómetros de distancia con un pequeño brinquito. Ella era una de esas personas que supo de un principio controlar su propio peso y con un pequeño salto, fue en busca de su casa, de isla en isla se trasladó hasta la ciudad donde tenía su residencia, encontrando desolado el lugar, no existía ya su familia. Sus amigos habían desaparecido, salieron volando hacia el infinito sin dejar huella, por lo que tuvo que regresar, en un mar de llanto por la pérdida de sus seres queridos, sus hijos, nietos y apreciados amigos, regresó como sucede en los sueños, en un viaje de segundos. Al llegar a la isla, lloró desconsoladamente, sintiéndose aún más sola, lo más raro es que nadie de los que habitaban la isla desaparecía.

En el sueño, encontró a Fluvio, quien la consoló de nuevo con esa voz que le apaciguaba sus inquietudes, sus dudas, en el regazo del anciano, lloró buscando el consuelo, al mirarse, descubrió que estaba desnuda completamente. Así despertó en un estado de desesperación, el cabello revuelto por los movimientos que, en el sueño, luchando por salir de ese trance, su pecho lo sentía pesado y un profundo pesar la remitió a su realidad. Trataba de darle un sentido al sueño, como la mayoría pretendemos darle un significado, se quedó estática, hasta que sintió un escalofrío, tomó la sabana y se cubrió, remitiéndose a las escenas que recordaba, principalmente a su desnudez.

Pensando en Fluvio, el amigo del que recientemente se había enterado que estaba muerto, y ella no lo concebía, historia que no creyó, decidió ir a buscarlo. Fue en ese momento cuando se escucharon unos leves golpecitos en la puerta, no contestó, aun sabiendo que en ese lugar estaba segura, por un momento lo dudó, hasta que escuchó la voz de Irene, "ya despertó", le dijo, "pasa", le respondió ella, la mujer llevaba una charola con un caldo de pescado, pan tostado y arroz con plátano, Irene hablaba y Mariana solo la escuchaba mientas masticaba los alimentos. Puso atención cuando le mencionó que había estado ahí y preguntado por ella el hombre de barba, no dijo su nombre, aseguró estaría ahí en punto de las ocho de la noche, que le dijeran a la señora, no era una orden, era más bien una especie de súplica e invitación. Irene no supo cómo interpretar el mensaje, Mariana le dijo "es solo un aviso, Irene, no estoy obligada a estar ahí, pero me interesa saber quién es". Se hizo un silencio, luego la administradora asintió encogiendo los hombros, moviendo la cabeza, afirmando lo que había escuchado de su huésped, mientras acomodaba la ropa de Mariana en un pequeño clóset, y al terminar le dijo, "allá la espero entonces, señora" y se retiró; "mju", dijo Mariana.

Mariana dejó la charola en el buró y se recostó de nuevo. Eran las cuatro de la tarde que marcaba el viejo reloj de pared, "aún falta mucho para las ocho", pensó y cerró los ojos. Llevaba cuatro días en la isla y no había tenido noticias de su familia, "no le importo a nadie en casa, por lo visto, menos a Roberto", pensó y suspiró, quedando con la mente en blanco empezó a dormitar. Ya estaba oscura la habitación, la muselina se movía con el aire fresco que llegaba de la playa, cuando un relámpago seguido de un estruendo que retumbó en el lugar la estremeció, se despertó sobresaltada y desubicada, el corazón le palpitaba aceleradamente hasta que tuvo conciencia en donde se encontraba, sintió una fuerte necesidad de ir al baño, descargó la vejiga abundantemente. Luego fue al clóset, sacó un vestido casual, de manta, con vivos de colores primaverales, iba al baño cuando escuchó que tocaron la puerta, "quien", "yo, señora", dijo Irene, "pasa", le dijo, dirigiéndose al baño, "venía a saber de usted, habrá borrasca y quizá ni venga", se refería al tipo del borsalino, "ojalá", contestó Mariana, agregando, "un rato más voy". Irene salió y Mariana se fue a refrescar al baño. Bajo el agua fresca se quedó un largo rato tratando de quitarse la modorra. Los truenos seguían, la muselina se levantaba más porque el aire arreciaba, unas gotas de lluvia empezaban a caer, filtrándose a la habitación. Salió Mariana del baño más relajada, solo con la toalla enredada en la cabeza, se dirigió a la ventana entrecerrándola, abrió el tarro de crema y se la untó pacientemente en el cuerpo, se secó el cabello y se hizo una cola. Así continuó hasta vestirse, la blusa le quedaba suelta y la ajustó con una jareta de la misma tela, se metió los huaraches de cuero crudo, decorados con florecitas y se dispuso a salir, con la mano en la perilla dudó, quedando unos segundos pensando, finalmente salió.

Saltando coquetamente Mariana bajó las escaleras, eran pocos los comensales en el restaurant, el reloj marcaba las siete menos diez. Afuera la borrasca se mostraba con una gran intensidad, "está usted hermosa, señora", le dijo Irene, y tal como lo hizo la última vez, le tomó la mano y le dio media vuelta para que mostrara su figura esbelta y ágil, su vestido la hacía ver mucho mejor, "gracias", fue lo que dijo Mariana y tomó asiento. Pensó que Irene seguramente le ocultaba que conocía al tipo del borsalino. A través del cristal se dejaba ver la lluvia, que mojaba por donde se dejaban ver las gruesas gotas de agua en el vidriado, empañando un poco la visión hacia afuera, lo que no limitaba observar el exterior.

Al otro extremo de la rústica calle estaba el hombre de barba blanca, llevaba ahora su borsalino color rata, un traje de lino color perla, zapatos de piso con acabados de gamuza, no muy comunes en ese lugar y menos con tanto barro. Las calles estaban anegadas de agua e impedían el libre tránsito, una bombilla con una luz amarilla reverberaba, el tipo se veía impaciente, caminaba en un pequeño espacio que le dejaba un reducido techo de lámina de zinc que sobresalía en la pared, Irene le señaló a Mariana, agregando, "sí vino", con una sonrisa de complicidad entre ellas. Era el desconocido de Mariana, quien solo volteó a ver a través del cristal del ventanal, no hizo comentario alguno, mientras que un camarero le llevaba un tarro de café, pan tostado y mermelada de fresa, "desea lo de hoy, ¿o va a ordenar?", le dijo el mesero, "lo de hoy", contestó, luego de sorber el café, untar un pan con mermelada, volteó hacia el ventanal, miró al tipo que estaba solo, al parecer, esperaba que la borrasca amainara para cumplir su palabra de estar con Mariana a las ocho, como había prometido, lo fortuito de la borrasca se lo impedía de momento, al menos fue lo que creyó la ansiosa mujer, y esperó.

La lluvia amainó un poco, una leve llovizna mojaba hasta los huesos. Dada la textura del suelo, el barrizal se empantanó, iban a ser la ocho de la noche cuando miró Mariana que el tipo se quitaba los zapatos, decidido a cruzar la calle. "Nooo", pensó ella, sabía de lo resbaladizo del terreno cuando se mojaba, la experiencia que tuvo el segundo día que paseaba por la playa y difícilmente se mantenía en pie, en el recién mojado terreno; lo miró. Él, buscaba el mejor lugar donde pisar para no resbalar, Irene se acercó y dijo, "si se cae, le puede pasar algo grave", no terminaba de decirlo cuando miraron al tipo que cuan largo era cayó tendido en medio de la calle, ambas gritaron al unísono con las manos en la cara, "nooooo", "pobre hombre", dijo Mariana y se volteó para que él, por si la distinguía a través del cristal, no notara que lo miraba, evitándole así el bochorno. Justamente cuando trataba de pararse llegó un transeúnte a auxiliarlo, el traje que en su momento estaba impecable, quedó hecho un asco, ya de pie, caballerosamente se quitó el sombrero empapado, agradeció el favor, se colocó el borsalino aun escurriendo y se encaminó trabajosamente hacia el hotel.

Al llegar, se quedó en la puerta e hizo una seña al camarero, quien fue a verlo y recibió un mensaje, luego se fue por la otra orilla de las viviendas procurando la oscuridad para no ser visto. El camarero fue con Mariana y le dijo, "señora, que la disculpe por hoy, dijo el señor no estar en condiciones de verla", luego se retiró, Irene fue a la mesa de Mariana y se pusieron a conversar, por supuesto que lo que le interesaba era saber el mensaje del hombre. Mariana se lo repitió y aprovechó para contarle el sueño, "no le dé importancia, señora, es como todos los sueños", le dijo, luego se retiró; mientras Mariana terminaba de tomar sus alimentos, Irene hacía las cuentas de ese corto día, que debido a la lluvia hubo poca clientela, no esperaba que hubiera más. Mariana se retiró a su habitación, la noche era fresca, la cama invitaba a disfrutar de una noche tranquila, se desvistió, recostada tomó un libro que hacía días no lo tocaba, se propuso terminarlo esa noche, no tenía sueño y no deseaba encerrarse en pensamientos negativos, Clara del Valle y Esteban Trueba la tenían emocionada, era admiradora de una escritora chilena. Continuó con la lectura, hasta entrada la madrugada la terminó, fue al baño, del costado izquierdo se acomodó y se quedó profundamente dormida.

Esteban Barba se llamaba el amante furtivo de Mariana, ella desconocía el nombre y su origen. A Irene, el camarero le contó sobre el tipo del borsalino a la mañana del día siguiente, "viene cada año, dice mi madre, quien lo conoce desde hace algún tiempo, dicen que tenía una novia aquí en la isla, pero se ahogó y él sufrió mucho. Algunos afirman que se dedica a hacer dinero con malos negocios, tiene buenas relaciones de algunos cubanos y personajes de otras islas como esta, donde la violencia predomina y está ausente la justicia, deben tener cuidado, me dijo mi madre", pero ya ve como es la gente, un poco exagerada, dice mi madre, quien estima al señor, terminó diciendo el camarero. Irene se quedó pensando en Mariana, ¿por qué la buscaba a ella?, ¿qué motivaba a este tipo tener una relación con su huésped? Se quedó seria, tratando de ubicar el motivo, como un relámpago pasó por su memoria el día en que llegó Mariana al hotel, quien apresurada se bebió un vaso de agua, después, muy tarde bajó a cenar, olvidándose de hacerlo, solo se dio la libertad de beberse varias copas de oporto, mostrando un comportamiento totalmente distinto a los años anteriores en los que los visitaba. Fue precisamente al tipo del borsalino a quien sin ningún recato metió a su habitación y no lo miraron salir, quedando en el aire los hechos que sucedieron, Mariana jamás platicaría, ni dormida, tal como se lo recomendó su madre, que estaba en la tumba hacía más de veintiocho años.

En eso estaba la administradora del hotel, cuando vio bajar a Mariana, llevaba un conjunto de lino, sobre el pantalón una blusa larga de la misma tela, en un color azul cielo, otros huaraches blancos de florecitas y su bolso de ixtle, bordado con vivos mexicanos. Con mucha gracia se sentó al lado de Irene, después de saludar, le dijo, "¿dónde puedo encontrar a alguien que me interprete el sueño que te platiqué?, ya ves que dicen que aquí abundan quienes se dedican a esos menesteres". La mujer cerró los ojos, "Cirilo, el negro nigromante, todos dicen que es muy acertado, solo que algunos le temen, ¿usted no?", le preguntó al final Irene, ella confirmó con su cabeza que no, después de darle las señas de cómo llegar al lugar, se fue en su busca. Irene, con la boca abierta, no supo que hacer, permaneció sentada, viendo como su huésped se alejaba sin voltear.

Poco después, Mariana se encontraba en medio de una vereda invadida por una espesa vegetación, sin duda iba rumbo a la choza de Cirilo, que alguien, temerosamente, le había dicho ahí se encontraba. Poco antes de llegar, los ladridos de unos perros se escucharon, ella se detuvo, la experiencia de su niñez le decía que tenía que temerles. Fue en una ocasión en aquella etapa de su vida, cuando la atacó un can y le dejó por siempre un terror irremediable, así estuvo un momento, repentinamente por un costado se asomó una cara muy desagradable, fue tanta la sorpresa, que intentó correr, pero unas manos como garfios la sujetaron, preguntándole, "¿que buscas por aquí?", ella tardó en contestar, le presionaban las huesudas manos, "Cirilo, busco a Cirilo", le contestó, con un color transparente en su rostro, el hombrón no dijo nada, solo la llevó del brazo hasta su choza, él bajó la cabeza para entrar, de una estatura que rebasaba los dos metros, era impresionante. En ese momento llegó a Mariana el recuerdo del tipo de la playa, quien la sujetó fuerte del brazo y luego aspiró ese olor a mar abandonado, ese olor inconfundible que luego se perdió en una desbordante variedad de olores a hierbas, humos de vela, la fuerte impresión de la oscuridad, la dejaron muda.

Dentro de la pequeña choza de barro y caña brava con techo de palma de coco, difícilmente entraba la luz del sol. Un altar con infinidad de santos de color azabache, figuras de animales domésticos, principalmente gallinas y gallos, del techo colgaban figuras esqueléticas de cabezas de humano, al parecer sintéticas, unas velas de grandes dimensiones que generaban un intenso humo. Predominaba el negro y rojo, que presentaba un escenario fantasmagórico, muy propio de esos lugares. Cirilo, sentado sobre un taburete con las rodillas casi pegadas a la barbilla de lo largo que estaban, sus ojos rojos, los labios gruesos entre un leve morado y un ligero rosado más al interior de su boca que casi lo hacía babear, los largos dedos rugosos con las uñas negras por la falta de aseo, mostraba interés desmedido en mirar a Mariana a los ojos, ella los esquivaba, cuando, sin que ella comentara nada, él habló:

"En tu sueño has recorrido mucho terreno, vas a pasar por muchos pesares si regresas de dónde vienes. Tus orígenes son antillanos, no sé de dónde, estás muy protegida, saltaste mucho y pasarás sin pena ni gloria un dolor que se te avecina, no sufrirás, porque tienes una gran protección en tu aura, desde que naciste. Habrá hombres en tu vida, te harán feliz, te enseñarán mucho, pero ten cuidado, tu soledad será desde ahora, casi total, aprende a disfrutarla. Por el dinero no te preocupes, te llegará solo y hasta que mueras", le dijo Cirilo. Después de esto, el hombrón se quedó en silencio, con la mirada profunda que casi le perforaba las pupilas a Mariana, alzó las manos, ella se estremeció y se hizo hacia atrás, con ambas manos el hombre, como si palpara la cáscara invisible de un huevo, la tocaba sin llegar a su piel, "siempre vas a ser favorecida por esta aura fuerte que te heredó tu verdadera madre", bajó las manos. El silencio reinó por minutos, ella aprovechó y preguntó, "¿Fluvio, existe? O ¿existió?". Se hizo una larga espera. El nigromante sonrió y dijo, "él fue tu padre", ella se estremeció, sus ojos casi se salían de sus cuencas y empezó a llorar en silencio, "te puedes ir, vive la vida, vas a morir de vieja, sola y en tu cama. Tu familia te da por muerta", fue todo lo que le dijo el hombre. Ella intentó sacar unas monedas, solo que él, con su mano derecha, le mostró una múcura con monedas de oro que la cubría con un montoncito de paja, demostrándole que no necesitaba de su dinero. Mariana se despidió respetuosamente, temerosa, salió, los perros no ladraron más y se fue por la vereda, la cual, conforme avanzaba, se iba cerrando sin dejar huella de la existencia de Cirilo.

Caminó rumbo al hotel, al entrar, se sentó en la primera mesa y pidió algo de comer, pero antes un té de tila, se sentía nerviosa. Irene se acercó, Mariana no podía hablar, sentía que su impresión estaba influida por la novela que leyera en la noche. Recordaba a Cirilo, un ser que para ella no era de este mundo, su estatura, su osamenta, la mirada enigmática que reflejaba maldad y un brillo de esperanza a la vez. Lo que más le sorprendió, fue la información que sin pedírsela le dio, el comentario de los hombres, su enseñanza, lo que le hacía temer fue lo último, que tuviera cuidado. Irene estaba en la mesa, solo la miraba, esperaba que hablara, que dijera lo que sucedió con Cirilo, Mariana no dijo más. Momentos más tarde le trajeron el té, lo sorbió despacio, su respiración era tranquila, esto calmó a Irene, quien se levantó y fue a atender su oficina mientras su amiga comía.

LA VERDAD DE ESTEBAN BARBA

Como Esteban Barba se conocía al del borsalino en los lugares que frecuentaba. Nadie tenía idea de quien se trataba, solo que era un posible sesentón con mucha personalidad, con solvencia económica, de su origen nada se sabía, sin embargo, creían que hacía negocio, ¿de qué tipo?, se desconocía, no intentaron averiguarlo. Lo cierto es que el viejo era un peninsular de grandes requisas, Idelfonso de la Vega y Chavero, que era su verdadero nombre, explotaba la vid en la Rioja, norte de España. Idelfonso, en su lugar de origen, era un reconocido vitivinicultor, un rico propietario de grandes extensiones de terreno para la explotación de la vid, lujosos vehículos, destiladoras, bodegas donde añejar los ricos vinos que producía y exportaba, su residencia, una finca a donde regularmente iba a pasar un fin de semana, si su trabajo lo permitía. Una tarde, después del trabajo, Idelfonso, en su mansión, esperaba a su esposa, María, era su segunda oportunidad de hacer una vida feliz, no tenían hijos, en el anterior matrimonio adoptó a una niña, joven ahora, a quien adoraba.

María, su última esposa, era quince años menor que él, quien se dedicaba a ciertas actividades de beneficencia social, llevando a los más desfavorecidos, alimentos y prendas de vestir de segunda mano. La joven mujer, aún no muy convencida, procuraba ayudar al prójimo, influenciada por sus amistades que sí entendían el concepto de solidaridad, el sentido de bienestar al hacer el bien, procurando así ganarse la gloria prometida por el Mesías. María era una bella mujer, de regular estatura, su cuerpo esbelto y con unas lindas curvas que hacían que todos la desearan. Un hermoso cabello azabache que bien acomodaba en su nuca, adornada con una peineta de coral, y la hacía ver de mayor estatura, una exquisita piel almendrada, su cara de finas facciones, sus ojos grandes acompañados de hermosas pestañas, hacían de ella un ejemplar femenino sin igual.

María siempre iba acompañada del chofer de toda la confianza de Idelfonso. Pedro, un joven de barba bien marcada, que al rasurarla mostraba un color azul, de una piel cobriza, invadido de músculos, tanto que parecía una escultura romana. Una sonrisa elegante y sensual, su mirada profunda de un brillo intenso, hacía se derritiera cualquier mujer. Las amigas de la millonaria benefactora, que en su mayoría eran mayor que ella, disimuladamente le hacían señas un tanto obscenas a Pedro, a María le incomodaba esta acción, sin embargo, a sus amigas no les importaba. Pedro solo estaba para las atenciones de ella, lo que la ponía de excelente humor, hasta se olvidaba de Idelfonso, quien ansioso la esperaba en su residencia.

En las últimas semanas, la relación en el matrimonio de Idelfonso y María se estaba deteriorando, tiempo les faltaba para verse, platicar y disfrutar de su compañía. Ellos o no lo sabían, o alguno de los dos no lo había notado, sin embargo, en los alrededores de su propiedad, entre sus trabajadores que miraban con lástima a su patrón, a quien querían y apreciaban de verdad, no veían con buenos ojos lo que se rumoraba, sobre una ilícita relación de María con Pedro. Una copla se cantaba al aire libre, pero fuera de los oídos de Idelfonso, temían por la seguridad de él, contaba con cincuenta años a lo sumo y pensaban que, al enterarse de la infidelidad de su mujer, podría sufrir un mal irremediable. Era un secreto a voces esa relación desleal a un hombre que amaba a su mujer y que confiaba plenamente en su chofer. Los habitantes lamentaban lo del vitivinicultor, "pobre hombre, tanto que ama a esa bella mujer, y tan mal que le ha pagado, pobre hombre", decían en algunas ocasiones, refiriéndose Idelfonso con lástima.

Idelfonso era un tipo alto, con su cabello entrecano, de piel muy blanca, de manos grandes con dedos largos, como de pianista, esbelto, aunque correoso. De bigote bien recortado, una melenita que se dejaba, haciéndolo más atractivo, como todos esos hombres de edad madura que se van haciendo más interesantes para la mayoría de las mujeres. Aún y con sus millones, su gran personalidad y su figura, Idelfonso sufría la ausencia de su mujer durante toda la semana, estos hechos se habían estado presentando, a lo sumo dos meses atrás, no le había dado importancia a su alejamiento, estaba con sus amigas y algunas de las compañeras de María eran sus familiares, él confiaba plenamente en su esposa, solo que dentro de su corazón se estaba anidando un pequeño punto de desconfianza que le causaba dolorcito, y un sabor amargo le recorría la boca el solo pensar en una infidelidad, no se imaginaba cómo reaccionaría, amaba a María, siempre lo decía, le era fiel, a pesar de tener la oportunidad de una buena, grata y joven compañía ocasional, él siempre buscaba a María, cuando la tenía cerca, deseaba su calor, su olor y sus palabras de amor que semanas atrás le susurraba al oído, solo que recientemente encontraba excusas, como cansancio, jaquecas, citas hasta altas horas de la noche, lo que hacía sufrir aún más al cincuentón.

Sentado en el sillón ejecutivo de su despacho, tras su escritorio de cedro tallado a mano, con incrustaciones de maderas preciosas de alto relieve, de color natural y con varias capas de laca que lo hacían brillar elegantemente. A su espalda, un fuerte librero del tamaño de la pared, del mismo material del escritorio, invadido de libros cubiertos de piel, Idelfonso, sin corbata y con una copa medio llena de vino de su exclusiva reserva, revisaba unos documentos de importancia, como siempre lo hacía antes de ir a la cama, esperaba a su mujer. Era un tipo callado, muy organizado, nada dejaba suelto de algún negocio, planeaba hasta el extremo cada acción que realizaba, eso le llevaba mucho tiempo y le cansaba, como en un juego de ajedrez, cada movimiento significaba arriesgar la jugada, en su caso eran grandes capitales, por lo que se tomaba el tiempo necesario para lograr sus metas, sin dejar de pensar en María.

Esa tarde, el tiempo se fue rápido y decidió ir a la cama sin tomar los alimentos de la cena, de un solo trago se bebió la copa, estaba molesto por la tardanza de su mujer, "merece una buena reprimenda", pensó, entró a la recámara y sin desvestirse se dejó caer boca abajo en el mullido colchón, sus palpitaciones se miraban en las profusas venas de sus sienes, el vino y la ansiedad por la espera reaccionaron, estaba molesto y el punto de dolor y celos que en su corazón estaba, se hacía más grande, lo que le generaba una mayor incomodidad, dada su madurez mental, decidió olvidarse de lo que le hacía sufrir, quedándose poco a poco dormido.

Allá por la madrugada, sintió que le echaban un chal encima, no se movió, simuló estar dormido esperando sentir el tibio cuerpo de María, abrió los ojos y decidió averiguar que pasaba, su esposa no estaba en cama, descalzo, salió a la recámara contigua y estaba sola, por el rumbo del recibidor escuchó una voces, sigiloso, como un ladrón bajó las escaleras, no deseaba mirar lo que con lágrimas en los ojos en la penumbra vio, sintió odiar a su mujer y a Pedro, su chofer de confianza, a quien le había dado todo para que viviera mejor, lo estaba traicionando, se le agolpó la sangre en la mollera, un caldo espumoso y caliente sintió por todo su cuerpo, intentó moverse y no lo logró, miraba sin parpadear el beso apasionado que María le daba a Pedro, y éste se prendía de las voluptuosas nalgas de su mujer, ella se regodeaba en el cuerpo de Pedro, y gemía como perra en brama. Idelfonso, así como bajó las escaleras, las subió, sigiloso a su recámara, si en un principio se sintió como ladrón, ahora se sentía como una fiera acorralada, embravecido, hundió la cara en la almohada y lloró hasta la madrugada, María no regresó a su lado, se quedó dormida en un sillón de la amplia sala.

Idelfonso amaneció con los ojos abotagados por el llanto, no deseaba recordar lo vivido horas antes, debía pensar fríamente, se fue al baño, la regadera con agua fría le aclaró la mente, se vistió, un traje azul con corbata roja acentuaba en él su personalidad del hombre de negocios que era, una verdadera visión madura y atractiva para cualquier mujer, menos para la de él, que era lo que deseaba. Al bajar, encontró a María en el sillón, "he tratado de despertar a la patrona y no he podido", le dijo la sirvienta, él no dijo nada, solo pidió un café, en la mesa estaba el periódico, lo tomó mientras sorbía el café, era un día tranquilo, el sol entraba por la ventana iluminando el recinto; el sonido de los trabajos de las domésticas hizo que la mujer se despertara, con una modorra que la hacía verse espantosamente cansada, María se incorporó, miró a su esposo, él, volteó a verla, y sin decir palabra le demostró todo el rencor que en esas horas acumuló en su corazón, un odio se reflejó en su cara, María no dijo nada, solo mostró una cara transparente que se desfiguró, muda, se puso de pie y fue subiendo lentamente las escaleras, sentía en su espalda la fuerte mirada de su esposo, fue ahí cuando se dio cuenta que todo estaba perdido, amaba a Pedro, pero deseaba los bienes de Idelfonso, se fue al baño y permaneció lo menos posible, debía aclarar con su esposo lo que estaba más claro que el agua.

Cuando María bajó, su esposo se había salido a su oficina, Pedro estaba en la cocina, lo confirmó cuando fue a preguntar por su marido, "se fue hace unos minutos", le dijo la cocinera. Pedro, con la mirada de preocupación, solo alcanzó a decir, antes de salir de la cocina, "se fue, y conducía él". María se quedó de una sola pieza, hacía mucho tiempo su esposo no conducía, temió por su seguridad, cuando reaccionó, llamó a la oficina de su esposo y le dijo su asistente que no había llegado, de momento se preocupó por la seguridad física de Idelfonso, luego recordó a Pedro y se alegró de que si algo le pasara, ella quedaría libre y en una posición envidiable, su malsano corazón y su maquiavélica mente la estaban traicionando, estaba cegada por la aventura, solo que no tenía idea de lo que se estaba fraguando a sus espaldas, Pedro y su amante estaban en serios problemas y en riesgo de muerte, Idelfonso era inflexible y en algunas ocasiones inhumano, no perdonaba a nadie.

El empresario contaba con un sinnúmero de profesionales de la ley que le asesorarían en caso de un divorcio, solo que no deseaba divorciarse, deseaba desaparecerlos y él junto con ellos, no podía contarles eso a sus colaboradores, solo a su único amigo, un peninsular radicado en México, dedicado a la explotación de café con quien tenía una estrecha relación de amistad, en quien confiaba plenamente, eran como gemelos en su forma de ser, pensar y actuar. Idelfonso, a la vera del camino detuvo su automóvil y encuadró sus ideas, por principio, necesitaba un viaje relámpago a Veracruz, no había a quien darle explicaciones, así que esa misma tarde, en su jet privado saldría rumbo a México, Veracruz específicamente, a ver a Manuel. Dio marcha al vehículo y continuó con el camino, de su oficina llamó y le dijo a su amigo, "espérame mañana", Manuel, desconcertado, solo atinó a decirle, "aquí te espero, amigo". Natalia se llamaba su asistente, le llamó para darle indicaciones, "voy a salir, estaré fuera dos días, prepárame una maleta con ropa casual, voy a Veracruz a ver a mi amigo, al parecer tiene problemas, dile al piloto que en cuanto esté listo me avise para partir; ah, nadie debe saber de esto, Natalia", le dijo mirándole a los ojos, "no se preocupe, señor", le confirmó la bella asistente y salió. Habrían de pasar tres horas cuando Idelfonso estaba listo, pidió lo llevaran al aeropuerto, ahí lo esperaba Santiago, su piloto, quien alegre lo recibió, abordando la nave en compañía de su asistente de viaje, Alondra, parte importante de la tripulación, y quien se encargaría que nada le faltara a su jefe, minutos después despegaban rumbo al nuevo continente.

El vuelo estaba programado para doce horas con buen tiempo, por lo que Santiago esperaba aterrizar en el puerto de Veracruz por la madrugada. Idelfonso ordenó no le pasaran ningún recado, y que él se comunicaría, al piloto le indicó discreción, lo que entendió al dedillo; recostado en su sillón, pidió un whiski en las rocas, Alondra le llevó además unos dátiles e higos deshidratados, él la miró y dijo, "una combinación algo no muy convencional, Alondra", la bella azafata se cohibió, él con un ademán de aceptación la hizo sentir mejor, luego lo dejó solo. Después de un buen trago, se quedó pensando en la situación por la que pasaba, Idelfonso estaba convencido de que estaba acabado sentimentalmente, el gran amor que sentía por María había dado un vuelco definitivo, se había convertido en un odio, solo deseaba el extermino de Pedro y su mujer, no perdonaría jamás una traición, a sabiendas del pecado mortal que llevaría a la tumba, lo que como creyente le estaba royendo el alma, poniendo en duda lo que pensaba hacer.

Cuatro con 25 minutos de la mañana de un jueves de verano aterrizaba entre una leve llovizna el jet privado del empresario vitivinícola más prestigiado de la Rioja, con esa hora la tripulación atendió las instrucciones de la torre de control aéreo, así quedó registrada su llegada en la bitácora de vuelos y se remitieron al hangar indicado, bajó Idelfonso con un pequeño portaequipaje, ahí los esperaba un vehículo de lujo, en el asiento trasero estaba un hombre de barba con una boina, era Manuel, el amigo de Idelfonso, no había pegado los ojos en toda la noche, por la ansiedad generada desde el momento en que su amigo le dio la inesperada noticia de su llegada. Idelfonso bajó del avión mientras Manuel, con los brazos abiertos, lo esperaba en tierra, unos abrazos de hermanos se dieron, un saludo breve y salieron en el automóvil rumbo a la residencia del cafetalero español. La tripulación se fue a descansar, al bajar de la nave, les impactó el clima, la madrugada era húmeda y un bochorno hacía un poco desagradable la estancia al aire libre, ellos sabían que el regreso sería en unas cuantas horas más, así lo había manifestado el patrón y cuan exigente era, ellos debían estar siempre preparados.

Era de madrugada cuando los amigos bebían un café en la privacidad de una bien refrigerada biblioteca, afuera, la llovizna humedecía todo, estaba fresco el lugar; Manuel reservó el lugar, para mayor tranquilidad. "Y bien", le dijo Manuel a su amigo,

Idelfonso agachó la cabeza y se quedó callado, estaban tensos ambos. Entonces Idelfonso habló, "amigo, mi mujer me ha engañado con el chofer", le dijo a Manuel, con lágrimas de rabia en los ojos, su rostro se transformó, la nariz griega que tenía se volvió aguileña, la ceja diabólica y sus labios temblaban, "bebe un poco más de café, amigo", Manuel no sabía que decirle, nunca se había encontrado en esa situación, ni lo deseaba, Idelfonso le pidió un whiski en las rocas, "debes comer algo antes", le aconsejó Manuel, pero lo rechazó y fue él directamente a un estante donde estaba una botella y varios vasos, tomó unos hielos de un pichel y sirvió una generosa cantidad de whiski, movió un poco la bebida y de dos tragos lo vació, luego se sirvió un segundo vaso y fue a sentarse a su lugar; frente a frente, los dos amigos se miraban, uno esperaba algo del recién llegado, e Idelfonso esperaba algunas palabras de su amigo, de repente, Idelfonso dijo, "quiero que me ayudes a matar a los traidores". Manuel se quedó de una pieza, rígido, transparente, mientras que su amigo destellaba ira por sus ojos, tenía espuma en la comisura de sus labios y el cabello encrespado. Manuel, con la mirada, se preguntaba e intentaba preguntar, ¿cómo?, solo que las palabras no le salían.

Cuando Manuel logró articular palabra, preguntó, "¿cómo quieres que te ayude, amigo? ¡Yo no soy un asesino!". Idelfonso le miró con un profundo desconcierto, no sabía que contestar; finalmente, dijo, "¿te acuerdas de la rana?", el hombre de la boina se estremeció, seguramente no deseaba recordar viejos momento de su historia. Manuel Gonzales, ahora Manuel Quintero, había salido desde muy joven de su natal pueblo del valle de la Rioja, en el viejo mundo, apenas llegaba a la mayoría de edad cuando por sus impulsos incontrolables y desesperados le dio muerte a uno de sus mejores amigos, esto lo obligó a huir de la región, incluso de su país, situación por la que le tocó sufrir toda suerte de calamidades, viajó en barco de polizón haciendo todo tipo de trabajo, por más indignante que fuera no se negaba, su objetivo era conservarse con vida y libertad; finalmente llegó al puerto jarocho y se cambió el apellido, su condición no le permitía un trabajo de excelencia, por lo que inició su propio negocio, compró una cajetilla de cigarrillos y los vendía al doble del costo, principalmente a menores de edad, haciendo sumos esfuerzos en la comida, la cual procuraba fuera lo más magra posible, y que le permitiera llegar a sumar una fuerte cantidad para establecerse como comerciante o lo que fuera, solo que le dejara buenos dividendos, era bueno para hacer dinero y muy visionario para los negocios. Viajó a un pueblo cafetalero cercano al puerto y ahí hizo su residencia, la suerte lo acompañó porque fue bien recibido por sus habitantes; en esos tiempos, Manuel era un tipo muy bien parecido, lo que fue el punto débil de las jarochas a quienes él empezó a admirar, fue ahí donde empezó su nueva vida, a pesar de que en sus sueños estaba siempre el amigo muerto, reclamándole una respuesta a su acción y lo hacía sufrir.

"Cuando te digo que no soy asesino es porque lo del pasado fue accidental, no premeditado, y además es lo que más deseo olvidar, por lo que no me gustaría sufrir de nuevo remordimientos que no te dejan tranquila el alma, ¡tú no sabes qué es eso!", respondió Manuel agachando la cabeza. Idelfonso no cambiaba su mirada, esperaba que su amigo le entendiera, luego dijo, "bueno, al menos ampara mis propiedades, necesito ponerlas a tu nombre, te daré el depósito por el costo de todo, con un heredero, Sofía, mi hija, mandarás un administrador, tu hijo, yo haré lo que deseo hacer y nunca me arrepentiré, ¿estás de acuerdo?". Manuel movió la cabeza aceptando todo lo que se le había dicho, y contestó, "¡de acuerdo!". De un trago se bebió lo que restaba de whiski y dijo, "me gustaría una ducha y descansar, me regreso por la tarde, ¿me das posada?", preguntó Idelfonso. "¡Claro!". Se levantaron de sus asientos, luego le mostró la habitación que ocuparía y le preguntó, "¿deseas algo de comer", no recibió respuesta, solo miró que la puerta se cerraba tras su amigo, que le ponía seguro por dentro.

Los primeros rayos de sol se miraban cuando Idelfonso se dejó caer en la cama aun vestido, no se duchó, cerró los ojos y se concentró en lo que haría, así permaneció durante más de tres horas, eran ya las 11 de la mañana cuando decidió ir al baño, preparó todo, pero antes le llamó a Santiago para indicarle que saldrían por la tarde, luego colgó el teléfono y con la paciencia que lo caracterizaba, se rasuró, fue directamente a la regadera y bajo el agua helada permaneció fijo, deseaba nunca haber abandonado a su primer esposa, por alguien que no lo había valorado, lo había engañado y deseaba matarla, como a su chofer; luego de sentir esos bajos instintos, se enjabonó y terminó de bañarse, se vistió, acomodó su ropa, algo que hacía años no había hecho, y con la maletita en la mano salió. "Por fin sales, amigo, me muero de hambre", le dijo Manuel, quitándole la maletita y dirigiéndolo al comedor, ahí estaba la esposa del cafetalero y su hijo, "buenos días", saludó a los de casa y le dio un beso en la mejilla a la mujer, al hijo, un fuerte apretón de manos como muestra de la gran amistad que unía a su padre y el aprecio a la familia.

El comedor estaba frente a un ventanal que le hacía sombra unas frondosas plantas de guanábana, guayaba y algunos almendros, las aves cantaban alegres, la llovizna menguó y el sol llegó a todo el lugar, levantando un vapor que hacía sudar a cualquiera, aún bajo la sombra de los árboles. Idelfonso, admirado de la humedad y el bochorno que se sentía, solo dijo, "me gusta este clima", todos rieron y mientras se tomaban el café, de la cosecha de Manuel desde luego, llegó el desayuno, unos huevos motuleños, acompañados por frijoles negro y queso fresco, pan calientito y un vaso de leche recién ordeñada y hervida, y la cafetera con suficiente café, como solían tener siempre en casa. En el frutero había de todas las frutas de temporada, plátanos, guayabas, rebanadas de papaya envueltas en un celofán. Idelfonso no era de buen comer, por lo que con la primera ración quedó satisfecho, en un cajete de barro que estaba en el centro de la mesa había cochinita pibil, especialidad de la vieja cocinera de la familia, Manuel la destapó y se inundó el comedor del rico olor, "bien escondido tenías esto", le dijo Idelfonso a Manuel, tomando una ración. Degustando el platillo, una conversación agradable y sin cuestionamientos se dio durante el desayuno, hasta que finalizó y fue invitado a un paseo al patio por el anfitrión, a quien no le había quedado claro lo dicho por la mañana.

Salieron los dos amigos, Manuel llevaba una guayabera blanca e igualmente su pantalón y su calzado, Idelfonso, de traje, sin su saco, con corbata, al salir sintió el golpe de la humedad, caminaron unos metros, cuando el vitivinicultor desistió y prefirió ir a la biblioteca. "Apenas empieza el calor, amigo, ¿y dices que te gustó este clima?", le dijo Manuel, caminando en dirección de la casa, se internaron en ella y fueron a la biblioteca, "¿es seguro aquí, Manuel?", le preguntó Idelfonso, asintió con la cabeza y luego preguntó, "si logras lo que deseas, ¿a dónde te vas a ir?, estás arriesgando todo por algo que se resuelve con una firma, no eches a perder tu vida, has luchado mucho por tener lo que ahora gozas y perderlo por una ingrata, ¡sabías que esto podría suceder!". Se hizo un silencio, estaba en el aire una verdad que a leguas se entendería, razonablemente, por desgracia Idelfonso estaba muy herido y prefería sufrir las calamidades materiales a las morales.

Idelfonso, como Manuel, eran tipos que se habían hecho ricos a base de esfuerzo, no eran ricos de abolengo, se esforzaron lo suficiente para alcanzar sus metas, ahora tenían todo lo que habían soñado, al menos Manuel era feliz con su familia, sin embargo, Idelfonso no. "Tú eres feliz, amigo, yo no, no podría vivir tranquilo con esa brasa que me quema el alma, mira quien fue a engañarme, María, la mujer que verdaderamente he amado en toda mi vida, por quien yo daría la vida, hoy se la voy a quitar, porque es mía", cuando el hombre estaba hablando, los puños los cerraba y se golpeaba el pecho, con la cara desfigurada, repetía y repetía, hasta que poco a poco se fue calmando.

Estuvieron por muchas horas encerrados en la biblioteca, ya pasado el mediodía, Idelfonso pidió un whiski, bebió el primer vaso de forma desesperada, Manuel apenas lo probó, no era muy afecto a la bebida, "sería bueno te tranquilizaras, la bebida no te va a llevar a nada bueno, amigo", echándole el brazo al hombro le dijo a Manuel, "no te preocupes, sabré salir de esta, Manuel, con tu ayuda, ¿me lo prometes?". Con la mano en el pecho, Manuel dijo, "por la memoria de mis antepasados, te lo juro, amigo", con un fuerte abrazo y un apretón de manos, sellaron su compromiso, su amistad y ante todo su lealtad.

Era ya de tarde, Idelfonso llamó a Santiago, quien le dijo que todo estaba listo para partir, que lo esperaban, luego pidió a Manuel lo llevara al aeropuerto, no sin antes despedirse de su familia, prometiendo regresar pronto, afirmó que se llevaba un grato recuerdo y les dejaba su amistad, cariño y lealtad al único amigo que tenía, abrazando a Manuel, luego con un beso en la mejilla de Sofía, mujer de Manuel y un fuerte apretón de mano de Pablo, hijo de este, tomó su maletita y salieron rumbo a la cochera. Más tarde en el hangar se despedían, al pie de la escalera lo esperaba Alondra, quien tomó la maleta y con ella en la mano lo esperó hasta abordar, solo fueron suficientes veinte minutos para estar en el aire, Idelfonso pidió un whiski a Alondra, "sin frutas", le aclaró, ella sonrió y le trajo la bebida, reposando en el sillón, haciéndose hacia atrás, después de beber un buen trago, cerró los ojos y empezó a fraguar sus siniestros planes.

En los siguientes seis meses se presentaron acontecimientos que sorprendieron a la pequeña población formada por quienes laboraban en los grandes viñedos de la Rioja, propiedad de Idelfonso. Artesanos, herreros, carpinteros, educadores, médicos y sobre todo a las autoridades, sorprendidos por la trágica muerte de Pedro, así como a los únicos familiares de María también misteriosamente acaecida. Todo inició cuando un joven atrabancado llamado José, hermano de María se encontró a Pedro, el chofer de Idelfonso, muerto de una forma que solo a un asesino se le podría castigar así, por sicarios desalmados y a sueldo. Pedro, encontrado en un viñedo vecino, en lo más apartado de la plantación, amarrado de los brazos en una Y metálica que sostiene la hilera de plantas de vid, desnudo, desgarrado de su cara con un garfio que le hizo heridas profundas y sin testículos, carcomido incluso por algunas alimañas, hinchado e invadido de moscas, fue una noticia fatal que lamentaron. Pedro era un tipo bonachón, alegre, muy educado y con gran futuro, temieron algunos por sus hijos. Todos en el pueblo decían que era una venganza, conocían la situación amorosa de María y el ahora occiso, nadie se atrevía a decir o insinuar algo relacionado con lo sucedido, por temor al poder económico de su patrón, quien no se inmutó, solo ordenó el mejor de los sepelios y una buena suma a la familia, como indemnización por sus servicios.

María dejó de verse en público después de los hechos, haciendo mayor la sospecha de su infidelidad con el joven. Sus amigas la abandonaron a su suerte, dejaron de visitarla por temor a verse involucradas en alguna investigación o cuestionadas por su esposo. Los familiares de María se disculparon con Idelfonso, ante el desconocimiento de lo que se decía del occiso y la pobre mujer que sufría a todas luces la pérdida de su amante, dejó de comer, no salía de su recámara, su esposo no le daba importancia a lo que le sucedía, ahora él conducía su automóvil hasta su oficina, ubicada en el centro de la pequeña ciudad cercana a su finca.

Fueron meses de ausencia total de ambos. Mientras tanto, en la oficina central de Idelfonso, en México, había llegado un joven, que por indicaciones de Idelfonso dadas a Natalia, su asistente, éste sería en un corto tiempo el administrador general de toda su empresa, recalcando *"de todo, entiendes, Natalia"*. La joven, con suficiente experiencia en el trato con Idelfonso, no dudó que en breve sería Pablo Quintero no solo el administrador, sino el apoderado de todos los bienes de su jefe, al que le era leal hasta la muerte, como siempre se lo decía, Natalia tenía mucha intuición y sospechaba que la muerte de Pedro era obra del millonario.

Casi dos meses después de la muerte de Pedro, se anunció con repetidas campanadas en la parroquia del pueblo, la muerte de

María. En un ataúd de cedro, con acabados dorados y rieles de madera tallada y bien pulida, iba el cuerpo inerte y desfigurado de la mujer que se atrevió a engañar a su esposo en su propia casa. María, por su falta de alimento, perdió la excelente figura, lo hermoso de su cuerpo y la piel de durazno que siempre lució, ahora era una aberrante bolsa de piel sin forma, donde descansaban los huesos helados de la mujer que tanto amó Idelfonso, y que hoy en sus adentros gozaba su muerte. En la carroza, que muy despacio rumbo al panteón público fue cruzando la ciudad, después de la misa de cuerpo presente, Idelfonso en su automóvil, ahora conducido por uno de sus empleados y a su lado Pablo Quintero y la anciana madre de María, con lentes oscuros hablaban muy bajito, le dijo Idelfonso: "después de esto, serás tú como el dueño de todos mis bienes, porque yo me voy mañana". Pablo asintió con la cabeza, un remolino de ideas entrecruzadas que no atinaba a entender lo que le esperaba, sabía que entendía y conocía lo necesario sobre los viñedos y la explotación del vino, pero temía fracasar; Idelfonso le puso la mano en el hombro y le dijo, "no temas, todo estará bien", el joven comprendió lo que le decía mirándolo fijamente a los ojos, para mayor tranquilidad, agregó, "tendrás muy buenos asesores, Pablo".

El entierro de María no fue en la cripta familiar de Idelfonso, fue en el panteón local, a donde van todos los habitantes de la región, no creyó que su esposa mereciera el lugar sagrado donde descansaban sus ancestros. Después de un largo recorrido, llegaron al camposanto, todos los que los acompañaban fueron al lugar donde sería la última morada de María. Después de unas palabras de despedida por uno de los amigos de la familia, procedieron a bajar el féretro, un puño de tierra acompañó a María al final, solo faltó la de Idelfonso. Su rabia se acentuaba conforme bajaba el ataúd, jamás olvidaría lo que miró y de la burla de que fue hecho por su amada esposa, jamás perdonaría esa ofensa, porque amó con todo su ser a quien no le dio más que dolor. Tras sus anteojos para sol, no se miraban sus ojos enrojecidos y las ojeras, por la falta de sueño y el coraje que sentía, sufría, pero no se arrepentía, sus planes seguirían adelante, le esperaba un futuro incierto, porque aun siendo millonario y con excelentes relaciones dentro del gobierno de alto rango, temía a la justicia, sobre todo a la divina.

El papeleo de la legalidad en relación a los bienes que como apoderado se firmaron a favor de Pablo Quintero, se llevó a cabo en el más completo silencio público, se anunció al final, con todos los pormenores del caso; de Idelfonso no se dijo nada. Cuando esto se publicó en los periódicos, después de haber enterrado a María, surgieron las sospechas de su muerte, tal como lo pensó el magnate, si se iniciara una investigación, sería el esposo el primero en ser llamado a testimoniar, no solo sobre lo de María, sino también de Pedro, su chofer. Investigación que ya se estaba solicitando por los familiares de ella, lo que llevaría un buen tiempo para su autorización, dado los procesos protocolarios de la justicia, lo que favorecía a Idelfonso.

En un maletín con lo necesario para su aseo personal y ropa suficiente para pasar una buena temporada fuera de su casa, fue lo único que llevaría en su corto viaje del que nadie sabía, e iría a una de las islas del Caribe, donde nadie sabía de él y él todo desconocía; tendría solo la firme promesa de que Manuel, su amigo, estaría en contacto con él y le proporcionaría apoyo y protección. La nave en la que fue trasladado a una equis isla de las muchas que existen en el vasto océano Atlántico, acuatizó suavemente en una playa dorada. Santiago, un joven de gran experiencia y leal a su patrón, le ayudó a bajar de la nave, era un viejo muelle de madera deteriorada por el salitre que todo lo carcome, la brisa aún escurría por las gruesas maderas y ambos sintieron el bochorno del clima caliente del Caribe. "Cuando usted lo diga, patrón, vengo por usted", le confirmó Santiago. Idelfonso solo lo abrazó como al hijo que jamás tuvo, y dijo, "cuida a Pablo, él es el que necesitará de tu apoyo, también cuídate tú". Luego se fue caminando lentamente entre las pocas casas que ahí había, mirando la pobreza en la que vivían sus habitantes, la moneda estaba en el aire y la decisión que había tomado era firme, prefería vivir calamidades que estar encerrado en una celda sin garantías, se moriría de encierro y vergüenza.

En el lugar existía un edificio mayor, de paredes de viejo barro crudo; al llegar, intercambió unas palabras y luego entró, fue recibido por una pareja ya mayor, le ofrecieron techo, comida y la seguridad que nadie lo molestaría, y así fue. Ahí permaneció durante unas semanas, todo preguntaba, paseaba por los alrededores de la isla, vestía como los habitantes del lugar, hablaba lo necesario y no de su pasado. En una tarde de otoño, pidió al acompañante buscara alguien de confianza para que lo llevara a conocer otras islas, "yo soy de confianza, Manuel Quintero me pidió cuidara de usted", contestó Sóstenes, como se llamaba el dueño de la casa donde se había hospedado. Ahí comprendió lo amplia y larga que era la mano de su amigo, que valoró grandemente; al escuchar a 8Sóstenes, solo esbozó una sonrisa de satisfacción.

En la siguiente semana, Idelfonso, ahora Esteban Barba, en compañía de Sóstenes, partieron en dirección de una isla más civilizada, a donde pudo adquirir ropa más acorde al clima caribeño, ya sufría las calamidades de la indumentaria formal que lo acompañaba, deseaba algo más informal, sin llegar a la vulgaridad y el mal gusto. Así fue, mandó hacer varios trajes de telas finas, de distintos colores y estilos, su respectivo calzado, acorde al lugar. El fuerte sol había hecho estragos en su piel blanca como la leche, decidió buscar un sombrero que le mostrara más personalidad y de ser posible, verse más joven. En el centro de la isla, en una bullaranga de gente a la que no estaba acostumbrado y hablaban en una lengua desconocida para él, se introdujo en compañía de Sóstenes, quien no se le despegaba. Buscó entre los sombreros más comunes en esa región, desde los panameños, colombianos, que se hacían muy vulgares para su gusto, encontrando finalmente varios estilos borsalino, de los que se midió y escogió en diferentes colores, acordes a los trajes que llevaba, así como un panamá. Después de haber hecho su última compra, fue a surtirse de whiski, una caja del mejor que encontró fue suficiente, Sóstenes solo lo miró, no cuestionó, subieron lo adquirido a la lancha en la que llegaron y partieron de nuevo a la isla donde ya había cumplido un mes de estancia.

El crepúsculo anunciaba la llegada de la noche y el horizonte se cubría de rojo, un nimbo oscuro se observaba a lo lejos, permitiendo el paso de los rayos de sol, en una hamaca de fuerte tela para la pesca, descansaba Esteban. A su lado, una mesita de madera, un vaso con whiski en las rocas, como acostumbraba, lo acompañaba Sóstenes, quien bebía una limonada con sal, para recuperar la insolación del día. Esteban, con la mirada perdida en el amplio mar caribeño de un bello color esmeralda, sorbía el whiski, estaba muy tranquilo, después de los pasados hechos, repentinamente dijo, "¿podrías indicarme de una buena compañía femenina en esta pinche soledad, Sóstenes?, que sea de confianza en todos los sentidos". El hombre se quedó mudo, tardó en contestar, "una familia que presta a sus hijas para esos servicios está hoy aquí, son jóvenes, limpias y sanas, además discretas, viajan por diferentes islas, desde Barbados hasta las Bahamas, son muy famosas, poco licitadas dado el elevado precio en el que se cotizan, usted dice si las contacto". Esteban quedó en silencio, ya el sol se había perdido entre la bruma de la brisa del mar y mirando a Sóstenes, dijo, "¿estás hablando en plural?, ocupo una solamente". "Mi idea es que escoja a su gusto", contestó su acompañante. "Mmmm, buena idea, aquí espero entonces", confirmó Esteban, después de beber el último trago de whiski. Sóstenes bebió el último sorbo de limonada y se fue en busca del encargo.

Una hora más tarde llegó su amigo acompañado de tres jóvenes mulatas, la mayor contaba con apenas diecinueve años, diecisiete y quince, respectivamente. Esteban las observó, las tres eran de una estatura media, musculosas, de vientre plano, un afro abundante y sus ojos de un profundo verde esmeralda, su piel extremadamente tersa, de color bronceada que invitaba a tocarla. Desde la cabeza a los pies no había un resquicio sin desear, las tres jóvenes eran perfectas, hermosas, no dejaba de mirarlas y ellas se cohibieron, la fuerte personalidad de Esteban hizo que las de menor edad escondieran la mirada, la mayor lo miró, no desafiante, sino más bien con admiración, con deseo de conocerlo, él se dio cuenta de esa mirada y le tendió la mano, con esa acción se entendió que ella se quedaba. Sóstenes acompañó a las hermanas a su casa, terminando la transacción con los padres por los servicios de la joven que se quedó con Esteban. Sóstenes abandonó la vivienda, prometiendo entregar a la joven por la mañana, el costo del servicio se cotizó en dólares, doscientos, para ser exactos, "qué no haría con esa cantidad", pensó el hombre, quien solo se ocupaba de atender a Esteban por instrucción de Manuel Quintero, y a cambio recibía un jugoso sueldo que le permitía vivir cómodamente junto a su esposa.

Esa noche fue para Esteban inolvidable, la chica de escasos veinte años le resultó toda una maestra en el arte del amor, más bien del sexo, después de tantas semanas sin compañía femenina, el hombre aquel, no era un viejo, contaba con una edad de cincuenta años, con la fortaleza de un toro de lidia. El abatimiento que traía por los hechos acontecidos recientemente, que jamás en su vida olvidaría, fue cambiando hasta convertirse en algo más que una fortificación. La chica que lo acompañó, lo desmigajó despacio hasta deshacerlo y reconstruirlo, lo volteó al derecho y al revés sin que se diera cuenta, lo llevó a una dimensión que desconocía, nació de nuevo, convertido en un hombre cubierto de una aureola que le protegería de todas las maldades de los humanos. Ella solo había hecho uso de su arte que dominaba, el sexo, unas cuantas posiciones y sabía que su trabajo estaba garantizado, lo que fue suficiente para que el hombre maduro se diera cuenta que aún le faltaba mundo por recorrer, en un ir y venir de ella sobre él, reduciendo todo al sofá, la profunda, flor de loto, de puntillas frente a la pared, la cucharita, el misionero, y otras posiciones que él recordaría por el resto de su vida.

A Esteban se le hizo corta la noche, y repentinamente les llegó el canto de los gallos, los primeros rayos de luz del día invadieron el lugar, agotado el hombrón, pero con ganas de aprender más, tuvo que despedir con cierta tristeza a Tizana, así dijo llamarse, "para la próxima", le dijo, en un español bien plantado. Él, sacó de su cartera un billete de alta denominación y se lo entregó, "te lo has ganado con el sudor de tu frente", le dijo Esteban; con una sonrisa invadida de picardía, dijo ella, "y de todo el cuerpo". Luego fue al baño, ya limpia salió rumbo a donde estaba su familia, mientras tanto, el hombre quedaba sobre la cama entre las sábanas arrugadas, con la mirada fija en el techo y su mente recorriendo cada momento que pasó con Tizana.

Esteban había perdido la esperanza de tener la oportunidad de recorrer nuevamente los caminos del placer, cuando salió en una huida desesperada para olvidar el pasado, huía también de esos placeres, el odio le corroía el alma y sus pensamientos no lo dejaban descansar; sin embargo, después de esa noche en brazos de Tizana, Esteban era otro. Pensó, con la mirada fija en una mancha de humedad del techo: "bien dicen, que cada santo tiene su pasado y pecador su futuro". No era de su pasado que se sintiera orgulloso, pero sí satisfecho, como se lo hizo saber en una llamada a Manuel, con quien tenía frecuente comunicación, era su amigo quien le hacía llegar los diferentes montos que Pablo le enviaba desde la Rioja, producto de su fructífero negocio de vinos finos. Pablo se había convertido en un excelente administrador, muy visionario y con una fuerte convicción de que a donde fuera él podría empezar de nuevo, así se lo enseñó su padre, quien ya tenía una historia torcida por el destino cuando mató sin desearlo a su amigo.

Pablo, como nuevo dueño de los viñedos de Idelfonso de la Vega y Chavero, tuvo que hacer algunas declaraciones en relación con la repentina desaparición del dueño anterior. La habilidad con la que discernía las palabras, frases, comentarios y ciertos cuestionamientos insidiosos por quienes estaban interesados en conocer el paradero de Idelfonso, así como la paciencia de la que hacía gala en sus conversaciones, no dejaba entrever duda alguna que su compra fue tan legal como cualquiera y de quien le vendiera sus propiedades. Nada le interesaba, sin embargo, las autoridades, al no encontrar al magnate, giraron una tarjeta roja de la INTERPOL para su localización, para luego llevarlo a los tribunales y que se aclarara la muerte de María y Pedro, los investigadores estaban seguros de la culpabilidad de Idelfonso, solo faltaban las pruebas y la presencia de él para su declaración.

Sin embargo, en su nueva vida, Idelfonso no deseaba regresar a su tierra natal, le había tomado sabor a la vida. Aprendió a disfrutar de los buenos dividendos que le generaban sus propiedades y se sentía satisfecho del trabajo de Pablo como administrador, sabía que no había errado al elegir al joven de ojos vivaces, hijo de su amigo Manuel, por lo que decidió pasar su vida de fiesta. Siempre de viaje, con sus nuevas credenciales extendidas ilegalmente por un maquinador de esos menesteres, iba de un lugar a otro. No pretendía esconderse, tampoco entregarse, su diversión eran los flirteos con mujeres de cualquier nacionalidad, beber whiski, hacer ejercicio, vestir bien y aprovechar el tiempo que la vida le otorgaba. Solía decir antes de salir de su habitación, regularmente de un buen hotel, "la vida es corta, hay que vivirla bien", y se daba un golpecito en la barbilla, estaba consciente que había trabajado lo suficiente para darse esa vida y lo haría sin resentimientos por el pasado.

Durante los siguientes años, en estadías cortas, ahora, Esteban Barba, como lo hacían validar sus falsos documentos de identidad, recorrió cada isla. Desde Barbados hasta las Bahamas, conocía la intención de las autoridades de su país de aprehenderlo, no le preocupaba, presentía que tarde o temprano lo encontrarían; por lo pronto se dedicaba a pasear por todas las islas del Caribe. Sóstenes no pudo acompañarlo, por lo que le asignó un joven, quien sería el que estaría pendiente de la seguridad de las espaldas de Esteban, así también, recibiría el efectivo que le enviaba Pablo, a través de Manuel. Su nuevo acompañante era un joven fuerte, simpático y de muy buen parecido, de pelo muy tupido en su cabellera, corto y casi pegado al cuero cabelludo, barba bien recortada en forma de candado, usaba siempre camisa de fuertes colores y desbotonada del pecho, mostrando así su musculatura y fuerza. Su debilidad eran las mujeres, una ocasión Esteban le dijo, "cuídate de las mujeres, la ambición por el dinero y las enfermedades sexuales". Gabriel lo escuchó y lo tomó en serio, se cuidaba de todo eso.

Jamás los veían juntos, el joven se las arreglaba para estar siempre cerca de él, lo que era más cómodo para Esteban, ya que no se sentía vigilado y en una señal, como clave, el joven lo dejaba, a sabiendas de la seguridad de ser protegido. Así era como su patrón disfrutaba de la compañía femenina cada vez que tenía oportunidad, sin sentirse espiado. En cada isla que llegaban la obligada pregunta de Esteban, cuando se encontraba en confianza, era, "¿conocen a una joven llamada Tizana?". Siempre recibía un no con la cabeza, luego aclaraba, "no soy policía, no temáis", de nuevo recibía un no. Eso lo desconsolaba, se había enamorado de la joven, pretendía encontrarla y firmar un contrato para vivir en unión libre con un sueldo fijo, por meses u años, como ella lo decidiera, solo que en el tiempo que llevaba en su busca, no encontró ni a sus hermanas, ni a nadie que le diera razón de ellas.

Habían de pasar años en su recorrido por todas las islas del Caribe, en las cuales permanecía no más de un mes. Quizá ya no se recordaban los fatídicos hechos de la Rioja, Pablo seguía como único dueño de las vastas propiedades de la Vega y Chavero, quien ahora también atendía las necesidades de la hija adoptiva del magnate, eran suficientes los ingresos para satisfacer los gustos de ambos, así como los de él. Pablo se casó con una andaluza, hermosa hembra que lo impactó, sus cabellos largos azabache, los ojos negros como la noche, la piel trigueña y su andar cadencioso, fueron suficientes para impactarlo, por lo que no dudó en cortejarla, suerte fue la de Pablo que la hermosa mujer le dio el sí, no existía un interés por esa unión, los padres de ella eran dueños de varios hoteles de Andalucía, por lo que se haría mayor el poder económico con la unión de ambas familias.

Manuel Quintero fue orgulloso con su esposa al enlace matrimonial, estaba feliz, su sangre regresaba a su terruño, su descendencia sería ibérica de nuevo. Manuel le platicó a Idelfonso, estaba en pleno llanto, "me siento orgulloso también, amigo, es como el hijo que no he podido tener", le contestó en la corta llamada, "todo estará bien, no te preocupes, las cosas siguen igual", le confirmó Manuel, luego colgaron el auricular. Regularmente las llamadas eran cortas, la idea era no permitir, por si estuvieran intervenidos los teléfonos, fueran interceptadas las conversaciones y encontraran a Idelfonso, así también, solo eran llamadas para confirmar la recepción del efectivo, o si se requería un poco más, lo que nunca sucedió, Esteban siempre fue buen administrador.

Durante su estancia en casa de Sóstenes, después de regresar de un viaje que duró casi un año, recostado en una hamaca, muy pensativo y quizá cansado de tanta soledad, dijo a su leal amigo,

"¿si me entrego a las autoridades, crees que haría bien?". El viejo se quedó en silencio, esperó dar una respuesta apropiada y le dijo, "¿crees que remediarías algo con eso?". Esteban se quedó callado, miraba el horizonte, tenía su mesa de siempre donde descansaba un vaso de whiski, bebió de un golpe y dijo, "¡ella no merece ningún sacrificio mío!", al tiempo que preparaba una bebida más. Sóstenes solo asintió con la cabeza, Esteban, sin ver al anciano, preguntó, "¿de Tizana no se ha sabido nada?, ha de tener unos treinta años, cuando la conocí tenía casi veinte, ya han pasado al menos diez años y no la he podido encontrar en este inmenso mar de islas". "No han regresado desde aquel día", contestó Sóstenes. En la hamaca que mecía el aire, ya con una barba blanca, las arrugas aún más acentuadas, Esteban cavilaba sobre su recorrido por la cadena de islas caribeñas sin encontrar a Tizana, añoraba su terruño y estaba a punto de regresar, arriesgando todo lo que fue y era, pensaba que quizá ya ni expediente existía de su delito, quizá ya no lo reconocerían, y de María y Pedro nada existía, pero no quería dejar ese lugar, ya sentía pertenecer a él, se llevó el vaso a la boca y de un golpe bebió su contenido, se recostó y Sóstenes se fue, dejándolo solo con sus pensamientos.

Se identificaba plenamente con esos lugares. En los diez años que tenía recorriendo por cada una de esas islas, fue aprendiendo sus diversas formas de vida, sabía la diferencia entre una comida y otra, la sazón de cada una, las diferentes lenguas, desde el francés, inglés, portugués y algunos más propios de la gente de color que había llegado cuando invadieron esos terrenos vírgenes. Trajeron esclavos, ellos descendientes, quienes aún seguían practicando rituales mágicos, como el vudú, o males del espíritu, como solían decir. Esteban sabía hacer amigos, de todo tipo, era muy astuto y procuraba tener a los malos y buenos de su parte, sin perder su distinción de hombre de mundo, con su buen vestir, su buen comer y sin duda su buen beber, impresionando así a quienes encontrara en algún bar o restaurant, donde por lo regular hacía sus comidas fuera de casa de Sóstenes, siempre solo, con su whiski a un lado, con un borsalino del color acorde a su traje; así fue como lo conoció Mariana aquella noche en el restaurant de Irene, quien lo impresionó tanto, llegando a la aventura que la tenía allí, esperando y nerviosa por lo que le habían contado de ese hombre al cual desconocía y deseaba conocer.

MARIANA Y SU ORIGEN

Mariana había despejado muchas de sus dudas en pocos días, Cirilo la enteró de su origen antillano, le impresionó sobremanera lo de Fluvio, quien le aseguró el nigromante era su padre. En la cabeza de Mariana se había formado un remolino que la estaba volviendo loca, siempre recordaba la manera como el anciano en el faro la consoló, lloró junto con ella, le dio esperanzas y le prometió se verían de nuevo, eso la alentó en un principio, hoy temía encontrarlo de nuevo. Recordaba también al nigromante, ese desconocido que le aseguró viviría muchos años, le impactó más la afirmación del viejo, cuando se refirió a los hombres que conocería y tuviera cuidado. Lo que le reconfortaba era la protección de su aura, proporcionada por sus antepasados. Así había amanecido Mariana ese día, recordando por supuesto al hombre del borsalino que la llevó a los extremos del éxtasis en una entrega sin precedente y jamás experimentada, pensó "¿qué habrá sido de él?". En ese momento escuchó que tocaron la puerta, "soy Irene, señora", "pasa", contestó, una charola de alimentos frescos a base de frutas y jugo llevaba la administradora de la casa de huéspedes, que ella llamaba orgullosamente hotel. Mariana se incorporó, bebió un poco de jugo de naranja, mientras Irene endulzaba el café, la señora fue al baño, descargó la vejiga y regresó, abrió la ventana, y desde ahí preguntó, "¿qué has sabido del hombre del borsalino?". Irene se estremeció, tardó para contestar, "lo mismo que usted, desde la noche del vendaval no ha regresado, pero estoy segura que sí lo hará". "También yo estoy segura", dijo Mariana con la mirada fija en el vacío de la estrecha calle.

Esa mañana Mariana se sentía fortalecida, abrumada al principio, solo que las palabras de Irene le dieron muchas esperanzas. No deseaba recordar a su esposo, solo a sus hijos, quienes no manifestaban el menor interés en su búsqueda, pensó, "no cabe duda que estoy sola, el tiempo que he compartido y Roberto no ha sabido valorarlo, mis hijos, ni les importa si regreso o no, le daré un poco de tiempo", confirmó en su pensamiento. No tenía problemas económicos, su abuelo, que jamás conoció, le había dejado una herencia cuantiosa, de la que recibía mensualmente una cantidad considerable y un reporte de la administración de sus bienes, a los que Roberto no tenía acceso y desconocía parcialmente, igualmente sus hijos, a quienes no les interesaba. Eso la mantenía tranquila, se metió al baño, refrescante ducha se dio, buscó en el viejo clóset algo que ponerse, sabía que por órdenes de Irene toda su ropa estaba impecablemente limpia y planchada, sus accesorios colocados en forma muy ordenada, lo que agradecía de antemano, le daba confianza y un profundo sentimiento de gratitud hacia su amiga.

Era más de media mañana, tomó unos jeans deslavados que tanto le gustaban, una blusa volada, su collar de pedrería, las pulseras que adquirió en el mercado de las carpas, su bolso de piel y salió al mundo que la vida le presentaba de nuevo, como otra oportunidad de seguir viviendo; cerró la puerta, con saltos coquetos y pequeños bajó las escaleras, ya en piso firme y parejo, miró a su alrededor. Irene, sentada en la barra, le hizo señas con los grandes ojos, Mariana volteó y ahí estaba, sentado en el rincón que ella buscaba para tener dominio de todo el panorama, el del borsalino, un traje de lino color perla, sus zapatos café, una barba bien marcada y una sonrisa cuando miró bajar a la mujer que esperaba, con las mejillas rojas fue a saludarlo, con una gran caballerosidad, él tomó la mano, le dio un beso e invitó, "un café, solamente"; el mesero, atento, atendió inmediatamente, ella agradeció e iniciaron una plática que les llevaría hasta media tarde, ahí ordenaron la comida, Irene no perdía detalle, sobre todo por la seguridad de su amiga, dada la información recibida por el camarero que afirmó su madre conocía al extranjero.

Durante la charla, Esteban se presentó con los argumentos que ya acostumbraba a decir, protegiendo su identidad, siempre la historia del hombre solitario que se dedicaba al comercio legal de artesanías traídas de las diferentes islas caribeñas, desde Barbados hasta las Bahamas. Se refirió a la ausencia de amigos y compañía femenina permanente, Mariana lo escuchaba embobada, atenta a los pocos movimientos que el hombre hacía con las manos, la ceja y el de los ojos, un tanto tranquilos y que solían manifestar cierta alegría en momentos que decía lo habían hecho feliz. Fue muy breve en su presentación y exposición de sus actividades, sería ahora Mariana quien se decidiera a hacer alusión a su vida, dada la confianza que le inspiraba ese hombre de quien ni el nombre sabía.

Sin saber cómo dirigirse a su acompañante, porque hasta ese momento no había revelado su identidad, empezó a tutearlo. "¡Qué te puedo decir de mi vida!", le dijo ella, con una confianza que ingenuamente le mostraba ya una amistad, sin duda la experiencia vivida esa noche inolvidable, como ella la calificaba. "He vivido durante muchos años bajo el yugo de un matrimonio machista, donde solo me encargo del mantenimiento del hogar, educar a mis hijos, dos en total, ya casados y con hijos, un esposo infiel a quien le debo de tener respeto, según la cultura de las mujeres de esa región, con una educación del siglo pasado y con ideas del antepasado". Hizo un silencio, bebió agua del jarro que estaba en la mesa, él ya había pedido un whiski, la miraba fijamente sin mostrar alguna emoción, ella lo miró, fue una mirada de encantamiento, por esa otra mirada de apasionamiento del hombre que tenía frente a ella y deseaba conocer, nunca pensó en lo que sería la realidad de lo que le contara quien nunca dijo llamarse Esteban Barba, ella continuó.

Contó Mariana lo que en esa isla había conocido. De principio hizo referencia al motivo de su visita, que era traer un ramo de flores a su madre postiza, una buena mujer que la educó y le dio el mayor cariño que jamás ha recibido de nuevo, de eso hacía ya veintiocho años atrás. Le habló del largo viaje que hacía desde el noroeste de México hasta esa escondida isla del Atlántico, viaje que duraba siempre dos días y ahora llevaba casi una semana, y lo más sorprendente es que nadie se haya preocupado por ella; ese comentario le hizo brillar los ojos de unas leves lágrimas, se le hacía imposible que su esposo y sus hijos no fueran en su busca, un desinterés por su presencia, se sentía absolutamente sola. El hombre solo extendió el brazo y le tocó levemente los dedos en señal de apoyo moral, ella sintió la caricia, porque eso fue, lo miró y se restableció su estado de ánimo. "Eres muy amable", dijo Mariana y continuó con su charla. Le confesó que sentía pena por los hechos acontecidos en la oscuridad de su recámara cuando recién llegó; él, solo se ruborizó, ella continuó, "jamás había sentido ese placer y deseo con todo mi ser experimentarlo de nuevo", cuando terminó de decirlo, escondió su cara, estaba ruborizada y no se explicaba por qué había dicho eso, sabía que lo deseaba, pero jamás pensó que lo diría.

Estuvieron en una conversación vasta y profunda. Esteban deseaba contarle la verdad de su origen, ella estaba siendo sincera mientras que él no hablaba con la verdad, se sentía un majadero. Se sentía débil ante esa bella mujer y estaban saliendo a flote sus buenos principios, había en Mariana algo que andaba buscando en Tizana, así se había sentido en aquella corta noche apasionada y bajo el influjo del alcohol; sin embargo, decidió continuar como hasta ese momento. "He tenido la suerte de conocer a mi padre, quizá no lo creas, pero Cirilo el nigromante me lo confirmó", le dijo Mariana mirándolo a los ojos. Le habló de Fluvio, de la experiencia que vivió en el faro, finalmente, le confesó la visita hecha a Cirilo, quien le dio a conocer su origen. Antillana de nacimiento, protegida por un aura proporcionada en un acto de magia hecho por su verdadera madre antes de morir, cuando aún estaba prendida de la teta de ella, vudú u otra magia la protegían, le daba eso mayor confianza en sus actos, estaba feliz pero confusa, necesitaba del apoyo de alguien de confianza, él se ofreció incondicionalmente, ella calló. La comida se terminó, en una sobremesa de más de una hora rieron, finalmente se retiraron, quedaron de verse por la noche en el mismo lugar.

Él salió, después de despedirse muy respetuosamente de Mariana, volteó y dijo adiós con su mano destendida. Mariana se quedó pensativa, sintió en ese adiós una premonición, luego llegó Irene y le dijo "¿ya miraste quien está ahí?", era Gabriel, el joven que Sóstenes había asignado para que acompañara en sus viajes a Esteban. Cuando Mariana lo observó detenidamente, recordó los papones con ginebra que se bebió bajo las carpas azules, ella se estremeció, recordó que en ese momento tuvo emisiones que mojaron su sexo, volvió a sentir levemente lo mismo, se lo confesó a Irene, quien se sonrojó. Jamás pensó que su amiga le confesara tal intimidad. Sorbió un poco de agua de maracuyá que su amiga le llevó, luego decidió ir a su habitación a descansar, sería poco tiempo, había hecho cita con su amigo a las ocho y estaban por tocar las cinco menos treinta minutos en el reloj de péndulo que se encontraba al pie de la escalera. Subió a su habitación, se despojó de su ropa y desnuda se tiró sobre la mullida cama. Una sábana que estaba en el buró le sirvió para cubrirse, no por pudor, sino por lo fresco de la brisa vespertina que entraba por la ventana; así estuvo recordando los reciente momentos, hasta que se durmió. Una leve sonrisa le adornaba su hermoso rostro, no manifestaba incertidumbre, solo una profunda tranquilidad.

Las siete menos treinta minutos de la noche, Mariana despertó asombrada de la hora, la oscuridad se manifestaba a través de la muselina. Aún estaba bajo el efecto del sueño, sin embargo, saltó de la cama y fue al baño, descargó su vejiga y entró bajo la agradable agua fresca que le relajó y despertó completamente. Muy apresurada se vistió con un conjunto de lino blanco, pocos accesorios, se recogió el cabello aún húmedo en una coleta, tomó su bolso y bajó apresuradamente por las escaleras. Cinco antes de las ocho marcaba el reloj al pie de la escalinata, sabía del concepto de la puntualidad de su amigo, por lo que no pretendía quedar mal en esa ocasión, miro rápidamente a los asistentes en el restaurant y comprobó que no se encontraba. Irene se acercó y como siempre, le dio una vuelta, "qué bella, señora", "gracias", le contestó Mariana, luego se fueron a la mesa que creyeron sería la mejor para esa cita tan importante, le trajeron un té, ella lo aceptó muy agradecida, sabía que lo necesitaría. Habían pasado quince minutos, cuando Mariana miró el reloj, se alarmó y dijo, "¿le pasaría algo?, ya sabes lo puntual que es", Irene la miró, estaba de verdad alarmada, su preocupación no la pudo esconder, "espere un poco más, señora" le dijo su amiga. Después de una espera considerable, cuando había perdido toda esperanza de que Esteban llegara, ordenó una magra cena a base de pan tostado con mermelada y un vaso de leche descremada, luego se fue a su habitación, el té hizo efecto rápidamente y empezó a bostezar, desnuda en su cama, cubierta solo con una sábana se quedó dormida profundamente.

Eran las seis de la mañana con diez minutos, cuando escuchó unos leves golpecitos en la puerta, "soy yo, Irene"; amodorrada, Mariana le dijo que pasara, un poco alarmada, porque a pesar de haber dormido lo suficiente nunca le llamaba tan temprano. "Qué sucede, Irene, ¿no es muy temprano para una visita?". Con la cara desencajada, Irene no podía articular palabra, Mariana se alarmó, no sabía que pensar, no tenía idea de lo que había pasado, sacudió de los hombros a su amiga para que reaccionara, "¿qué pasa?, dime", "lo mataron", fue lo único que dijo Irene y se le quedó mirando. Mariana quedó lívida, pensó rápidamente en su admirador, no dijo nada, solo le corrieron unas lágrimas por sus mejillas. "¿Cómo pudo ser?", dijo, cubriéndose la cara con su almohada. "Al joven lo encontraron flotando en el embarcadero, tenía varias cuchilladas, al parecer le robaron, su amigo era conocido del muerto y está con él ahora, eso me dijeron".

Gabriel se había enredado con una hermosa joven, estaba casada, su esposo había emigrado de la guajira, era su estirpe y en sus venas no llevan el perdón y lavan su honor con sangre. Gabriel se equivocó y perdió la vida. Esteban debía atender a su amigo, en verdad su protector, por lo que decidió llevarlo a donde Sóstenes y le dieran sepultura. No se despidió de nadie, compró el mejor ataúd y la lancha más veloz para su traslado, envió un recado breve a Mariana, "nos vemos luego", ella lo recibió y entendió, estaba segura que así sería. Durante la travesía hacia su destino, con el ataúd en la lancha, Esteban pensó, "yo le advertí, cuídate del dinero y de las mujeres, su juventud lo hizo que perdiera la vida, nadie vale la vida de nadie". Continuó como estatua, una revolución de ideas le hervía en el cerebro, no sabía lo que pasaría, estuvo a punto de lanzar el ataúd al mar, pero hubo muchos testigos y no era conveniente. "Tendré que tener más cuidado, necesito a mi lado a alguien con mayor experiencia, ¿por qué me pasan a mí estas cosas?", se preguntó, sin manifestar alguna emoción. Finalmente llegaron a casa de Sóstenes, quien se encargó de llevar con la familia de Gabriel el cuerpo y darle sepultura. Esteban no asistió, estuvo en la hamaca bebiendo y recordando a Mariana.

Mariana se relajó cuando supo que el fallecido era el joven que en una ocasión le invitó un coco con ginebra, al que habían visto la noche anterior, no lo festejó, pero se alegró de que no fuera Esteban. "Me voy a bañar y luego bajo, necesito caminar un rato, después de desayunar, ¿me acompañas?", le dijo a Irene, "con gusto, señora", le contestó. Salió de la habitación y Mariana fue al baño, entró directamente al agua, despreocupadamente se duchó, se puso ropa limpia, un sombrero de ala ancha, sus lentes para sol y bajó al restaurant. Ahí estaba Irene, desayunaron juntas, café, pan tostado con mantequilla, huevos con jamón, jugo de naranja y leche. Platicaron después del desayuno y luego salieron a la calle, bajaron por la más amplia calle, luego Mariana tomó la que iba rumbo al camposanto, Irene no preguntó, solo seguía a su amiga, el día estaba algo templado y no era bochornoso, la brisa refrescante.

Después de caminar lo suficiente hasta llegar al camposanto, Mariana le dijo a su amiga, "deseo platicar con mi madre, ¡tú me entiendes!", Irene asintió con la cabeza y se sentó en una piedra, no había sombra, bebió agua de un frasco desechable, sudaba intensamente. Mariana, de rodillas frente a la tumba de su madre, balbuceaba algo que ella no alcanzaba a escuchar, hasta que se puso de pie, hizo la señal de la cruz y fue con su amiga, bebió agua y se fueron. Hicieron el mismo recorrido que hiciera días antes, cuando recién había llegado, hasta el mercado de las carpas, ahí tomaron un papón con ginebra, descansaron y platicaron trivialidades, luego fueron al hotel. Cansada, Mariana fue a su habitación, encontró el recado de Esteban tirado en el suelo, lo leyó de nuevo y suspiró, dejándose caer en la cama, con la mirada en el techo, sin pensar en nada estuvo mucho tiempo, hasta que tomó conciencia de la realidad y se desvistió para descansar, quedándose dormida de nuevo casi inmediatamente.

Mientras Mariana dormía, en la isla se desencadenaron una serie de hechos jamás vistos en el lugar. Cirilo, el nigromante, fue encontrado por unos pescadores sobre las piedras rompeolas del faro, muerto, aparentemente asesinado, una piola gruesa estaba enredada en su cuello, en el otro extremo amarrada una piedra bastante pesada para ser colocada por un solo hombre, por lo que se pensó en la intervención de varios enemigos del viejo, para robarlo quizá. Todos sabían del oro que tenía en su poder, como también del poder que tenía sobre la magia para encantar y predecir el futuro, así como adivinar el pasado de los hombres, por lo que le temían. La conclusión a la que llegaron las autoridades locales, fue de la llegada de forasteros, a quienes no encontraron, uno era Esteban y otro Gabriel, quienes ya no estaban en el lugar.

Era el mes de agosto, el calor y las tormentas eran propios de esas fechas, el temor de los habitantes de la pequeña población, hizo que los fenómenos fueran atribuidos a una maldición, por la muerte de Cirilo, el nigromante. Por la tarde se nubló el cielo, el aire arreció y mientras se velaba el cuerpo del nigromante, a donde pocos fueron a prender algunas velas, todo se alteró. El agua invadió gran parte de las viviendas, algunos muebles muy rústicos habían desaparecido en la abundancia del amplio mar. En la habitación de Mariana se escucharon una serie de ruidos extraños, la humedad se filtraba a través de las viejas paredes de la casa de huéspedes. Mariana había despertado alarmada y fue a refugiarse en la cocina en compañía de Irene, ahí sentía una mayor seguridad, platicaba sobre la suerte de Cirilo, antes del vendaval. Mariana, en una muestra de agradecimiento por el trato que le dio Cirilo, por la confianza que confirmó en ella ante esa inseguridad en la que vivía, ahora ella sabía lo que quería, se lo platicaba a su amiga.

Irene estaba preocupada, ese tipo de vendaval no se había presentado en muchos años, sintió que su casa de huéspedes, aun no siendo de ella, como administradora le tenía mucho cariño y estaba segura que de cuajo arrancaría el frágil edificio, se abrazaron y una plegaria salió de sus corazones. Fue ahí donde pasaron el tifón, a base de café, pan tostado, mermelada. Al amanecer unas ojeras que demostraban la falta de sueño, "voy a dormir dos días seguidos", dijo Mariana cuando solo quedaba una leve brisa del mar y un viento fresco. Subió las escaleras en compañía de Irene, al llegar a su habitación, la humedad despegó una gran parte del viejo papel tapiz, en el piso de madera había agua y por la tubería no salía ni una sola gota, se quedaron pasmadas.

Mariana, decepcionada por el estado en el que se encontraba su habitación y su ropa muy húmeda, se asomó por la ventana, desilusión le causó al ver tanta desgracia humana, personas con sus casas por el suelo, las palmeras erguidas, el pasto untado en el suelo, de las pocas ramas fuertes colgaban prendas de vestir. Mientras los hombres trataban de rehabilitar su vivienda, las mujeres, unidas, improvisaron una cocina comunitaria. Irene fue a llevar víveres que seguramente se le perderían, los huéspedes eran pocos y no requeriría de mucho para mantener vivo su negocio, estaba segura que algunos se irían de la isla, dados los destrozos del fenómeno, que todos atribuían a la muerte del nigromante, quien en venganza les mandó esa maldición. Cirilo fue sepultado fuera del camposanto, sabían que no debería estar entre los muertos que vivieron conforme a las reglas de la buena moral. Por lo que en medio de un lodazal que impedía caminar se hizo un hoyo, el cuerpo hinchado iba en envuelto en un tejido de caña brava, sobre los hombros de los voluntarios, quienes sostenían el bulto, con la nariz tapada por el hedor que despedía, escurriendo un caldo pegajoso, llegaron a rastras a la fosa que se improvisó, dejaron caer el cuerpo y luego llenaron con arena, barro aguado y piedras; al retirarse, dejaron una gran marca donde estaba Cirilo deshaciéndose en un chirriar de gases que escapaban de sus tripas, ahí descansaría, no sabían si en paz, pero de ahí no saldría nunca. Esos hechos, jamás se olvidarían.

Mariana acompañó a Irene a la cocina a dejar los víveres, ya estaban las mujeres improvisando hornillas, algunas ollas estaban en el fuego con verduras, había que alimentar a los niños y ancianos, los hombres más jóvenes trabajaban duro en la reconstrucción de sus casas. "Por la tarde pasearemos al Cristo del mar, si gusta acompañarnos, señoritinga", le dijeron las mujeres, "claro que sí", confirmó Mariana. Luego se fueron a pasear por los alrededores, ahí divisaron de lejos las lanchas destrozadas, las que al chocar contra las piedras rompeolas, se destrozaron y flotaban en una nube de espuma. El faro intacto, las calles que antes se marcaban, ahora eran una serie de zanjas formadas por la corriente de agua sin control provocada por la lluvia. A Irene se le humedecieron los ojos. "Estoy perdida, tendré que irme de aquí", dijo la administradora de la casa de huéspedes. "¿Salimos ilesas del vendaval?, también saldrás de este vendaval, cuenta conmigo", le dijo Mariana. Irene la abrazó fuerte y le dio las gracias.

Ambas fueron a revisar más detalladamente el edificio de la casa de huéspedes, ahí encontraron algunos daños, quizá sin importancia, ya que, desde antes del huracán, la construcción requería de una muy buena remozada. Casi al caer la tarde, escucharon el alboroto de las bengalas que anunciaban la salida del Cristo del mar; Mariana le dijo a Irene, "qué pena, no fuimos a la procesión", su amiga solo encogió los hombros y siguió en el trabajo que estaba haciendo. Ya muy tarde, se escuchó de nuevo el tum, tum, tum de la planta de energía eléctrica que se averiara; un suspiro de satisfacción lanzó Irene, diciendo "por fin tendremos el servicio, espero descansemos". Una hora más tarde, Mariana estaba ya en su habitación en bata de dormir, fresca y relajada por el baño reciente, cerró los ojos y pensó en su amante, hasta ese momento desconocía todo de él, sin embargo, añoraba su compañía. Así estuvo hasta quedarse dormida.

Al amanecer del siguiente día, Mariana ya había completado una semana en la isla, se sentía bien, no se había comunicado para nada con su familia, tampoco ellos la procuraron; en ese apartado lugar encontró lo que jamás pensó. El amor de sus hijos es para siempre, indudablemente, solo que ellos no compartían ese pensamiento, abandonando casi a su suerte a Mariana, ocupados en sus vidas vacías o quizá llenos de actividades económicas. Roberto, su esposo, enredado en una relación con una joven, casi una adolescente, no pisaba el terreno de la realidad que estaba viviendo por la ausencia de su esposa, a quien no extrañaba.

No despertaba aún Mariana, en el restaurant se encontraba la dueña de la casa de huéspedes, quien había llegado de improviso y platicaba con Irene acaloradamente, pues pretendía tirar el edificio. Después del vendaval, afirmaba que era más barato tirarlo que repararlo. Irene se oponía, no tenía a donde ir, ni familia, ya contaba con más de cuarenta y cinco años y nunca tuvo novio, hijos ni pensarlo, ya no estaba en edad de hacerlo, lloraba desconsolada ante la mirada fría de la señorita Irma, quien tampoco se había casado. Era determinante y fría la decisión de la dueña, que le indicó a Irene de una manera por demás prepotente, le preparara un desayuno nutritivo y se dispuso a esperar ante una taza de café.

Mariana se despertó tarde, tenía mucha pereza, sin embargo, al abrir los ojos inmediatamente recordó al hombre de borsalino; pensó, "estoy enamorada de ese tipo, sin duda", después fue al baño, descargó su vejiga y entró a la regadera, la fría agua la despejó, salió rozagante del baño, había dejado unas prendas frente a la ventana, esperaba se secaran y poder usarlas, las olió, tenía un fino olfato, no estaban del todo bien, buscó una solución y decidió usar perfume, fatal decisión, pensó, no era la apropiada, pero así disimuló un poco el olor de las prendas, luego de vestirse, tomó su billetera y bajó al comedor.

Al encontrarse al pie de las escaleras, se quedó un poco quieta, estaba desconsolada ante los dos asistentes que ocupaban una mesa y tomaban sus alimentos. Irene se adelantó, ahora no le dio vuelta ni le dijo señora, qué bella está, tenía los ojos rojos por el llanto, la tomó del brazo y la condujo a la cocina, la regordeta mujer la siguió con la mirada. Ya en la cocina, Irene, a grandes rasgos, le contó las pretensiones de la dueña de tirar el edificio, por lo que ella se quedaría sin trabajo. Mariana la escuchó atentamente y cuando hubo terminado de explicar el motivo de su llanto, le dijo "no te preocupes, amiga, todo se resuelve", Irene abrazó fuertemente a Mariana, quien le pidió hablar con la dueña del edificio, mientras le servían un café.

Después de hablar con la señorita Irma, Irene regresó con Mariana para decirle que fueran ambas a la mesa, ya ahí, se presentaron, se encontraba un hombre, quien dijo ser el apoderado de los bienes de la señora; la propietaria explicó que solo existían dos salidas, la demolición del edificio o la venta, esto último se le hacía imposible, sin embargo, escucharía cualquier oferta. Mariana se dio cuenta inmediatamente que la mujer tenía el colmillo retorcido para los negocios, pero ella no pretendía dejarse timar, por lo que dijo, "sin que usted pretenda robar al vender, ¿en cuánto valora este viejo y deteriorado edificio, señora?". La mujer enrojeció y aclaró, "señorita". "Bueno, los detalles de su situación no están en la mesa de una posible negociación. ¿Cuánto vale esta pocilga?", repitió Mariana; en eso el apoderado afirmó que se requeriría de un avalúo por un experto que ellos tienen a su servicio, lo que a ambas mujeres les sorprendió y se miraron con una sarcástica sonrisa. "Mi oferta sería de medio millón de pesos, no vale más", dijo Mariana. Irene abrió tanto la boca que casi se quedaba así, con un golpe en la mesa de la regordeta mano de Irma, la dueña, dijo, "trato hecho, esta pocilga es de usted". Se estrecharon la mano y el representante solo movió la cabeza manifestando su desacuerdo, "mañana estaremos en el puerto, a media mañana en la parroquia, tenga los documentos listos, yo tendré el dinero", concluyó Mariana y subió a su habitación.

Ambas eran ciudadanas mexicanas, el puerto jarocho sería el escenario donde se llevaría a cabo la transacción de compra venta. Lo que no sabía Irene, era del poder económico de Mariana, su amiga y después socia, todo quedó pactado con un apretón de manos, como es costumbre y cada quien tomó un rumbo distinto, Irene feliz.

Casi tras de ella subió Irene, "¿de verdad la va a comprar, señora?", "ya la compré, ¿que no escuchaste?, trato es trato, así es que, ya que ellos se hayan ido, saldremos nosotros, tengo algo que anticipar en el puerto, ve preparando al lanchero, de una vez te anticipo, yo, aquí me voy a quedar", cerró la conversación. Irene le tomó las manos para darle un beso y Mariana se lo impidió, la abrazó y le dijo, "somos amigas". Luego la mujer salió para preparar el viaje relámpago, mientras ordenaba que le llevaran el desayuno a la habitación a Mariana, unos huevos con tocino, frijol, jugo de naranja y leche, debía de ir bien alimentada, el viaje iba a ser a pleno mediodía, el sol estaría fuerte, para lo que se requiere de muy buena alimentación e hidratación. Doce menos diez de la mañana las dos mujeres estaban en la lancha, listas para partir, "adelante, Timo", dijo Mariana bien sujeta de la orilla de la lancha y partieron rumbo al puerto jarocho, al que llegaron tres horas después. Timo las esperaría, por lo que le indicaron fuera a hospedarse a una casa de huéspedes, ellas a un hotel de lujo.

Aún era de día, Mariana llamó desde el hotel a Gustavo, era el administrador de sus bienes desde hacía ya varios años. Un tipo honesto, bien pagado, hábil para todo tipo de transacciones y cuidaba definitivamente los bienes de Mariana, quien cada año, aprovechando el viaje a la isla, en persona se ponía al tanto de todo. En esa ocasión deseaba que estuviera al tanto de las siguientes acciones que tenía planeadas, la compra de una casa de huéspedes en la isla donde estaba la tumba de su madre. Después de un leve tiempo, Gustavo llegó y saludo muy efusivamente a Mariana, le presentó a Irene y mientras ellos platicaban, su amiga disimuladamente fue a su habitación, pretextando algo que entendieron no era más que eso, un pretexto para dejarlos solos. Durante dos horas estuvieron platicando, él le entregó un legajo de papeles donde estaban todos los informes de las cosechas recientes de café, las cantidades que se enviaban a las diferentes organizaciones no gubernamentales, a quienes, por su instrucción, Gustavo depositaba cada mes la cantidad indicada, también estaban los estados de cuenta de los diferentes bancos; ya enterada de todo y con la confianza que le tenía a Gustavo, le contó sus planes de la compra de una desvencijada casa de huéspedes, con mayor detalle, por lo que pidió retirara de sus cuentas quinientos mil pesos para cerrar el trato, en la parroquia, a donde llevaría la cantidad acordada, ahí estarían los dueños, le indicó que llevara un notario para la revisión de la documentación y que Irene sería la sucesora de la propiedad en caso de que ella muriera. Después hubo un silencio sepulcral largo.

Después de todas las indicaciones, le habló de las pretensiones de divorcio de Roberto, su esposo. Gustavo se quedó boquiabierto, jamás pensó que eso pasaría, tampoco sabía que Mariana tenía ya muchos días en la isla a donde iba cada año. "Ponte en contacto con él y dile que le vas a enviar la solicitud de divorcio, que será en el juzgado de aquí, mañana me llevas todo para firmarlo, él ya no me verá jamás, espero y mis hijos me busquen", le indicó a su apoderado y luego se despidió para ir a su habitación, no sin antes confirmarle el compromiso para el siguiente día en la parroquia.

La noche de ese día tan ajetreado se fue rápidamente, amaneció, ambas mujeres se prepararon para salir, "debemos conseguir una lancha extra para llevar víveres para la gente, ya ves cómo quedó el pueblo", le dijo Mariana a Irene. "Timo debe saber quién puede ir, señora", le contestó Irene, "tienes razón". Luego, fueron a ver a Timoteo, le entregaron una lista de víveres que debería comprar y cargar en otra lancha para llevar a la isla, "que esté todo antes del mediodía, ¿está bien?", le preguntó Mariana, y él con un ademan afirmó.

Después fueron a La Parroquia, lugar que se distingue por ser uno de los restaurantes más antiguos del puerto jarocho, cien y tantos años y con el mismo excelente servicio, original desde el pan recién horneado hasta los lecheros que despachan el café con leche. Al llegar les asignaron una mesa, llegó un mesero, llevó un vaso con café, inmediatamente otro con una gran tetera llena de leche hirviendo, agregó al café, de una altura de más de setenta centímetros, sin derramar una sola gota de leche, característica del lugar.

Luego de tomar su desayuno, que consistió en huevos motuleños con pan recién salido del horno, frijol negro y una salsa muy propia de La Parroquia, esperaron a Irma, su apoderado y Gustavo, quienes a las once de la mañana se hicieron presentes. Pidieron una mesa más grande, para ocho personas. Primero llegó Gustavo, quien en un maletín traía el efectivo, en un folder, la solicitud de divorcio que Mariana leyó rápidamente y firmó. Irma y su contador llegaron veinte minutos después. Las presentaciones obligadas se hicieron, cada quien tomó el lugar que le tocaba y se hizo la transacción de compra venta, donde apareció Irene como sucesora de ese bien adquirido, al enterarse de esa situación que desconocía, Irene lloró de emoción y agradecimiento. Irma, con una mirada de reproche, le dijo, "que bien guardado te lo tenías, mosca muerta". "Se equivoca, señora, esta es una decisión muy personal, por lo que le exijo respeto para Irene". Todos tomaron nota, se firmaron los documentos necesarios, se hizo entrega del efectivo y con un apretón de mano cerraron el trato, se despidieron y salieron del lugar. Ellas al muelle, de donde partieron rápidamente; antes, Mariana le dijo a Gustavo, "en quince días regreso, si no puedo, será con ella que me envíes los mensajes", "¿estás de acuerdo?". "Por supuesto, señora", le contestó él y ellas partieron.

Las dos lanchas salieron del muelle, ambas cargadas de víveres, nadie les revisó, ni cuestionaron el destino de esos alimentos, la travesía sería ahora más lenta, unas tres horas y llegarían; la paciencia era algo que Mariana no dominaba, pero que estaba desarrollando rápidamente, al lado de ella iba Irene. Su pensamiento revuelto por lo sucedido en la parroquia, no dijo nada. Por la tarde estaban llegando a la orilla de la isla, unos viejos tablones servían para atracar, ahí bajaron todo y Timo fue por ayuda para el traslado de los víveres. No había pasado mucho tiempo, cuando un mundo de personas, niños, mujeres, adultos y ancianos fueron a trasladar los alimentos, al lanchero que trajo casi todo, se le pagó y se fue rumbo al puerto, poniéndose antes a las órdenes. A Mariana le agradecieron lo que llevó, la gente se enteró por Irene de las donaciones de su amiga, por lo que no dudaron y la invitaron a una choza que estaba en pie y fuerte, "acompáñenos, señoritinga", le dijo la misma anciana que la invitó a la procesión del Cristo del mar, "claro, ahí estaré", le dijo.

Luego las dos amigas se fueron al hotel, ahora propiedad de Mariana, quien se fue a su habitación y de repente se dio un golpecito en la cabeza, "hubiera comprado ropa, carajo", dijo en voz alta, luego se le vino a la mente el hombre del borsalino, mientras recordaba se metió al baño; después de la ducha, buscó ropa apropiada para ir a cenar, al terminar de vestirse, a lo lejos, escuchó un acordeón, era un buen ritmo, empezó a tararear, se hizo una coleta con el cabello aún húmedo y bajó, Irene la miró, le dio media vuelta y le dijo, "qué guapa, señora". "Para ti, soy Mariana", luego salieron.

Conforme se acercaban al lugar de lo que ahora era una fiesta, el acordeón, el bongó y un güiro, amenizaban alegremente, y los danzantes disfrutaban de la música, con movimientos sensuales las mujeres y los hombres que las acompañaban. Mariana, al llegar, miró a los asistentes, principalmente al tipo del acordeón, vestido con un traje blanco, un voltiao, originario del caribe colombiano, lo distinguía de los que tocaban los instrumentos; repentinamente él la miró y cesó la música. Todos quedaron quietos y luego vitorearon la presencia de Mariana, era merecedora de eso, ya que había regalado todos los víveres. Irene se encargó de que lo supieran, ella se cohibió. Jamás había estado en un momento como ese, ni se le había tomado en cuenta, era nadie junto a Roberto, así la hacía sentir. Recordó viejos tiempos y lamentó no haber dejado esa vida antes, "todo por amor", pensó, porque finalmente sí amaba a Roberto, solo que él acabó con todo ese noble sentimiento que ella creía guardar en su corazón, cuando fue infiel con el tipo del borsalino.

Luego del vitoreo, las llevaron a una mesa grande, improvisada por tablones y fuertes piedras que los sostenían, ahí les sirvieron arroz con plátano, pescado asado envuelto en hojas de plátano, agua fresca de maracuyá y ginebra en un papón. Todos como una comunidad estaban compartiendo el pan y la sal, se sentía armonía, amistad, sinceridad entre los asistentes, hasta el nuevo personaje, quien afirmaba ser bisnieto de Francisco Rada, el hombre. Mariana quedó impactada con la manera de tocar de Francisco, sabía cómo impactar y ganarse a la gente, en sus cantares contaba buenas nuevas de las otras islas, para algunos no era novedad, por lo que fue bien acogido entre los habitantes de esa isla olvidada. Mariana lo seguía con la mirada, Irene, solo observaba. Ya era tarde y todos bailaban, solo ellas estaban en la mesa, bebieron un poco más de ginebra y luego se despidieron, con la mano destendida a todos los asistentes fue suficiente.

La noche fue corta para Irene y Mariana, habían estado bajo mucha tensión en el viaje relámpago al puerto y la ahora nueva dueña durmió profundamente. Muy temprano, la administradora de la casa de huéspedes se puso en acción, antes que cantaran los gallos a ella le impresionó el silencio profundo que invadía la isla, las olas del mar que golpeaban las piedras rompeolas donde fuera encontrado Cirilo, hacían estruendo. "Todos están durmiendo la resaca de anoche", pensó Irene. Poco después, llegaron los empleados y fue ahí donde les dio la noticia, "la señora Mariana será la nueva dueña", les dijo, moviendo la cabeza alegremente, lo que no les dijo, fue que ella era la sucesora del edificio, respetaba las decisiones de su amiga. Mariana se despertó ya con los rayos del sol calentando fuertemente, el cielo estaba despejado y se empezaba a escuchar movimiento de trabajo en las calles, fue al baño y realizó la rutina hasta quedar lista para bajar al comedor. Al estar ya al pie de la escalera, Irene hizo lo mismo de siempre, le tomó su mano y le dio una vuelta, hermosa mi amiga; una sonrisa recibió de Mariana. Luego fueron a la cocina. Ahí, Mariana platicó con los empleados y se puso a la orden, tomó un café en compañía de todos. Luego fue a las mesas, pidió un desayuno abundante, Irene a su lado. "¿Qué has sabido del hombre del borsalino?", le preguntó Mariana; un tanto sorprendida, Irene se quedó muda, "¡nada!", le contestó, luego la pregunta obligada, "¿él no le ha dicho su nombre, señora?". Mariana se quedó en silencio y siguió tomando sus alimentos, ahí cayó en cuenta que de ese tipo solo conocía su cara, su cuerpo y la forma de hacerle el amor.

En la semana que Mariana llevaba de estancia en la isla, había tomado las riendas de su vida, ya no tenía a quien rendirle cuentas, estaba sola y el apoyo de su amiga le fortalecía, sin duda que con esto confirmaba que su vida había cambiado. Al regresar Irene de la cocina, le dijo "me siento feliz, amiga, soy como otra mujer, estoy feliz". "Felicidades, ya sabes, cuentas conmigo para todo", contestó Irene. Ahí estuvieron haciendo planes para lo que sería la remodelación de la casa de huéspedes, coincidieron en no cambiarle el nombre, ni las iniciales, finalmente M, igual es para

Martha que para Mariana, cuando lo comentaron, rieron hasta las lágrimas.

En las últimas semanas, Mariana había hecho un recuento de su vida, recuperó sus bienes y se capitalizó para iniciar una nueva vida en esa isla desconocida y difícil de ubicar en el mapa, dispuesta a ser feliz como lo fue en un tiempo al lado de su ex amado Roberto. Le dolía recordar a sus hijos, más le dolía que ni fueran en su busca, lo que interpretó como un total olvido en tan corto tiempo.

RECUERDOS DE MARIANA Y ROBERTO

Mariana añoraba y recordaba todos aquellos momentos, cuando ella era todo para Roberto. Casi treinta años atrás, Roberto había conocido a Mariana, precisamente en uno de los viajes que hizo como delegado a un congreso de su sindicato, el cual se llevó a cabo en uno de los estados del sur del país. Al mirarla, le robó el corazón aquella jovencita de falda larga, blusa blanca, que mostraba todo lo esplendoroso de sus hombros, un pelo quebrado de un castaño profundo, su andar cadencioso, su mirada clara y profunda, emanada de sus grandes ojos ambarinos, lo dejaron mudo, le temblaba la barbilla, no podía articular palabra, estaba asombrado. Jamás le había sucedido algo así, llevaba su guitarra española y estaba por estrenarla, un tío se la había regalado poco antes de morir, el luto le impedía tocarla, solo que pensó que en ese viaje era tiempo de comprobar su calidad, presentándose un excelente momento. Estaban en La Parroquia, distinguido restaurante de la ciudad jarocha, fueron ahí en un tiempo que les dieron para relajarse, antes de tomar el autobús de regreso a su lugar de origen, porque los trabajos del congreso habían concluido. La lira era la pasión de Roberto, jamás la dejaba, menos ahora que lo acompañaban sus amigos, quienes, ya en el lugar y dada la alegría que sentían por haber logrado su objetivo en esa reunión, a gritos le pidieron entonara unas canciones para alegrar el lugar y casi exigiéndole, le repitieron les hiciera disfrutar con su voz, acompañándose de lo armonioso de su guitarra, su guitarra valenciana de un timbre muy fino, del meritito país vasco, como solía decir Roberto, cuadrándosela al pecho, inició.

Mariana venía de la calle y entró precisamente al restaurant donde ellos tomaban sus alimentos de mediodía. Tomó asiento justamente frente a ellos, Roberto se quedó mudo, dejó de escuchar y mirar a sus compañeros, la joven le había robado toda su atención. En esos tiempos, la vida de Roberto era exitosa, soltero y responsable, contaba con un trabajo que le prometía un buen futuro y vivir tranquilo si llegara a formar una familia. Al ver a la jovencita, estuvo seguro que sería la mujer de su vida. Mariana contaba apenas con veintiún años de edad, no sabía del interés que estaba en ese momento generando en Roberto, quizá ni lo miró, pero él se hizo mantequilla por ella. Roberto se cuadró de nuevo la guitarra al pecho e inició una canción, "Si nos dejan", de José Alfredo Jiménez, lo hizo con tanta inspiración que Mariana no dudó en buscar esa voz tan bien timbrada. Encontrándose de frente con los ojos de un negro profundo del joven de tez blanca, un pelo lacio y un bigote abundante, centró su mirada en los largos dedos que marcaban cada traste del mástil de la guitarra, dedos bien cuidados, las uñas rosadas y muy bien cortadas, la suavidad con la que manejaba el requinto, fue lo que la cautivó. Al terminar de cantar, no se hizo esperar el nutrido aplauso, el que más le agradó a él fue precisamente el aplauso de la joven que tenía enfrente, sin duda fue un amor a primera vista, él se lo agradeció inclinando la cabeza, ella, sin pensarlo, le guiñó un ojo muy coqueto.

Sin esperar mucho, se acercó a la mesa, fue esta la primera de muchas veces que en el futuro estarían juntos. "¿Permite que la acompañe?", le dijo, Mariana no atinó a responder cuando él ya estaba sentado, no le desagradó su audaz actitud, tampoco le fue indiferente, él llamó al mesero y pidió un café con leche, "para ella igual", le dijo, sin saber si aceptaría, también eso le llamó fuertemente la atención. "¿Eres del norte?", preguntó ella, "¡sí!", le contestó él con un tono golpeado con el que acostumbran los norteños, en eso llegó el mesero, dejó el pedido y se fue, ellos se quedaron platicando, y habrían de pasar cinco horas sin sentir, platicaron como desesperados, tratando de identificarse, solo se levantaban al baño, pero ninguno de los dos sugería irse, hasta que casi al oscurecer llegaron por él, su autobús salía en una hora, lo que lamentó, se quedó veinte minutos más, tratando de asegurar su regreso y encontrarla, si ella lo permitía. Así lo prometió, así lo cumplió, ella presintió que no le mentía y regresaría, su corazón se lo decía. Él buscaba una respuesta en su mirada y la encontró, en su voz y la encontró, en su cabello y la encontró, halló todo lo que en una mujer buscaba, Mariana era la mujer ideal. La despedida, en el fuerte apretón de manos, encontró la respuesta que esperaba, ella se había quedado prendada de él, sabían ambos que se verían de nuevo; finalmente cada quien tomó su camino, emocionados por esas horas de felicidad, que jamás ninguno de ellos había experimentado.

Mariana vivía con su madre, una mujer de avanzada edad y robusto cuerpo, de un andar pesado y lento, con un fuerte carácter. Hacía pocos años atrás, la joven se había enterado de su verdadero origen, supo entonces que Caridad era su madre postiza, lo que le generó un estado depresivo temporal, ella amaba a su madre. Caridad jamás le dio malos ejemplos, se dedicaba a ella, le enseñó a hacerse responsable de la casa mientras ella trabajaba. Mariana solo fue a la escuela hasta el bachillerato, "con eso es suficiente para que salgas adelante en la vida", le dijo su madre, cuando pretendió ir a estudiar la universidad. La verdad era que difícilmente sobrevivían con el poco efectivo que entraba a la casa, la mujerona trabajaba en su casa lavando ropa ajena, planchaba con una vieja plancha de carbón y realizaba otros menesteres fuera de su hogar, pero Caridad nunca quiso que su hija trabajara, solo que se dedicara a estudiar y le apoyara en los quehaceres de la casa, era una bella jovencita, el parecido con Caridad no existía, lo que obligó a Mariana a preguntar por su origen.

Todos al verla entendían por qué Mariana no podría ser hija de Caridad, era una joven de color trigueño, ojos ambarinos, pelo medio afro y una figura estilizada, muy alta para ser hija de la robusta mujer. Mientras que Caridad era blanca como la leche, de pelo y ojos negros, de una cara de no muy buen ver, nunca fue delgada, y la obesidad la hacía ser tímida. Del origen de Mariana se especulaba mucho, algunos aseguraban que la había robado. Otros decían que se fue una temporada de su casa y regresó con la niña en brazos, producto de un desliz con algún casado. Algunos más, que se la dejó encargada una mujer y jamás regresó por la bebé. Lo cierto era que Caridad, cuando joven, conoció a la madre moribunda de la niña en un apartado lugar de su natal pueblo, prácticamente en una isla olvidada y desconocida del mar Caribe, quien en plena agonía se quitó a la bebé de su teta y la entregó a Caridad. Escasas horas de vida tenía Mariana cuando fue puesta en brazos de esta mujer que ansiaba un hijo, por lo que no dudó en llevarla con ella, teniendo oportunidad y satisfacción de ponerle el nombre, Mariana, como se llamara en vida su madre. Caridad era de origen guatemalteco, su nombre completo era Caridad Noñí Ibáñez. Había llegado a esa isla donde le regalaran a la bebé, de donde partió inmediatamente al puerto jarocho más cercano de la isla, donde llevaba viviendo todos los años de su vida, luego acompañada de Mariana, la personita que le hizo la vida más agradable y hermosa.

Mariana desde niña fue muy popular y simpática, se hacía respetar con una actitud madura. Desde el principio de su asistencia al colegio, uno de los pocos que quedaban el siglo pasado y donde Caridad logró que se la aceptaran, a cambio de un apoyo económico muy bajo y trabajos personales para la orden de las monjas de San Agustín, a quienes convenció de que la apoyaran, porque Mariana atendía al nombre de una de las fundadoras, considerada la madre espiritual de las novicias de toda la orden Agustinas recolectas, Mariana de San José, sierva de Dios del siglo XV. Cuando hubo terminado su bachillerato en el colegio de las religiosas, casi a su mayoría de edad, fue invitada a formar parte de la orden, lo que rechazó tajantemente, "no soy para esto", fue lo único que dijo. Las religiosas, que habían vivido su historia, le recordaron su inicio en ese colegio tan reconocido, lo que ellas hicieron en su momento para que llevara satisfactoriamente su educación preparatoria. Le recordaron también, que se habían hecho de la vista gorda al aceptarla con un solo apellido. Sin embargo, la joven, en una aparente rebeldía propia de su edad dijo, "a mí y a mi madre nos costó un gran esfuerzo, y si me aceptaron como bastarda, el pecado por faltar a sus principios es de ustedes". La madre superiora dio por terminada la conversación, mientras Mariana, estoicamente, enfrentaba los reproches y hasta reclamos de las monjas que acompañaban a su superiora, quien, dada su autoridad y experiencia, se convenció de que nada lograría. Mariana no era irrespetuosa, pero se mantenía en una sola postura, dado su carácter fuerte y determinado, eso había hecho de su estancia en ese lugar, que se ganara un reconocimiento, la fuerza con la que enfrentaba la adversidad y la seguridad de sus actos.

En el colegio no se permitían conductas que fueran en contra de la moral, como toda orden religiosa, exigían de sus alumnas, mujeres todas, una conducta intachable. Un comportamiento sin lugar a dudas de lo mejor, motivo por el que Mariana se escondía en la privacidad de su casa, fuera de la mirada escrutadora de su madre, para darle rienda suelta a su instinto de moverse cadenciosamente al ritmo de una rumba, una guaracha, una salsa, música que le invitara a mover su cuerpo, dada su sangre caribeña que ella desconocía. Por supuesto que esto sucedía en sus días de asueto, en el interior de su casa, por lo general a solas, desistiendo de la compañía de sus amigas. Nunca se exhibió en público, era una forma de sacar esa inquietud en su espacio de su soledad, esa necesidad de adolescente, de vaciar el traste lleno de energía que la hacía moverse frenéticamente, haciendo resaltar su cuerpo, girando sus manos sobre su cabeza, bajando lentamente por sobre sus pechos y cadera, aparentando tocarse sexualmente, sus caderas casi se dislocaban con los movimientos que le exigían las canciones de baile tan de moda.

Caridad trabajaba en casas, hacía el aseo, la comida y los quehaceres domésticos de donde se lo pedían. Todo su trabajo era eventual y no gozaba de asistencia social, por lo que jamás esperó una pensión. Tenía la costumbre de guardar morralla, moneditas de distinta denominación, así como pedacería de oro que encontraba. Bajo la cama estaba un tapete muy roído, Mariana lo recordaba de siempre, Caridad nunca lo sacaba de ahí, ni para sacudirlo, fue en una ocasión en que estaba haciendo el aseo la joven cuando jaló el tapete, sorprendida y asustada quedó al mirar toda esa riqueza, ella no sabía de su existencia y colocó de nuevo el tapete, impresionada continuó con su quehacer. El tapete cubría una múcura con la morralla acumulada durante años, entre monedas, pedacería de oro y perlas que la mujer recolectaba y atesoraba, para que, al llegar su vejez, venderlas para sobrellevar la vida. "Esto puede ser tu futuro, mija", le dijo a Mariana cuando Caridad decidió enseñarle su guardadito; la joven se impresionó, aunque ya sabía de su existencia, jamás hurgó ahí, su buena moral se lo impedía.

Cuando Roberto decidió regresar y buscar a la joven que le robara el sueño, tomó un avión rumbo al estado del sur donde la conociera. Llegando al lugar se instaló en un hotel, al día siguiente procuró visitar muy temprano el mismo restaurante en el que miró por primera vez a la joven. Era casi obligada la visita a ese antiguo lugar, al llegar, ordenó un café con leche, especialidad de la casa, y unos huevos motuleños acompañados con un pan recién salido del horno. Trató de entablar plática con uno de los meseros, a quien le preguntó por Mariana Noñí, y él rápidamente le informó de la joven, casualmente era amiga de su hermana, por lo que le dio santo y seña de dónde encontrarla.

Después de tomar sus alimentos, el joven abordó un taxi y le indicó la dirección al conductor, el vehículo tomó el rumbo del malecón que avanzó sobre esa vía una buena distancia, hasta casi dejarlo donde terminaba la calle. Minutos después estaban frente a una vieja construcción de adobe, la fachada estaba carcomida por el salitre que se generaba de la brisa de la costa cercana, la pintura descolorida, un portón estaba en el frente, la madera, de cedro, a pesar de tener mucho tiempo estaba bien conservada. Una pequeña campana estaba colgada de un hilo rojo, la hizo sonar, después de varios toques, se dejó oír el crujido de los goznes oxidados de la puerta y apareció una vieja de baja estatura y mucho peso, rengueaba de la pierna derecha. "¿A quién buscas?". Un tanto sorprendida, porque jamás recibían visitas, se quedó muda y Roberto solo le dijo, "soy Roberto". Tal atrevimiento le llamó la atención a la mujerona. Ella solo atendía a las únicas amigas de Mariana, siempre mujercitas que aún estudiaban, pero ahora era un hombre, y ni de la región, dada su forma de vestir.

El sombrero vaquero, los jeans, las botas, así como el acento norteño con que hablaba Roberto, desubicó a Caridad, quien insistió, "¿a quién buscas?". "¡A Mariana!", atinó a decir el joven. En eso estaban los dos cuando llegó la hija de Caridad, deslumbrada, lo presentó a Caridad y le hizo pasar, mientras que la vieja se quedaba petrificada y muda. Sacó la cabeza por la puerta abierta, como para verificar que nadie estuviera fisgoneando por la calle, cerró la puerta y fue a la salita. Ahí estaban Roberto y Mariana, ella le ofrecía un vaso con agua, él sin dejar de mirarla mientras bebía tranquilamente. Sentados en unos viejos sillones cubiertos con sábanas, platicaban sin dejar de mirarse, sin duda que la sorpresa era para ambos, ella deseaba que él regresara, él estaba seguro que regresaría, de esta historia sabían sus amigas, menos Caridad, quien fue la que reclamó. "¿Con qué derechos metes a un desconocido a la casa, Mariana?". La joven la miró con tanta ternura, que la mujerona se desmoronó, no supo que decir y se retiró a sus quehaceres domésticos, que hacía tiempo realizaba con mayor dificultad. Tristemente las fuerzas le menguaban por una enfermedad que le estaba minando su salud lentamente, tanto, que le hacía estremecer si su hija quedara en el desamparo.

Durante la mañana, en una antigua salita de centro, los jóvenes platicaron amenamente, como si se conocieran desde hacía mucho tiempo, repitiendo quizá lo que en la primera y última ocasión se vieran en La Parroquia. Hoy estaban en el segundo momento de su vida, compartiendo tiempo y espacio, y habían de transcurrir dos o tres horas para tomar la decisión de comentar con Caridad las intenciones de Roberto, de tomarla como su esposa. La noticia le cayó como agua helada a la mujer, jamás esperaba que así fuera el noviazgo, al menos el de su hija, como el preludio para el matrimonio; esto le generó un desequilibrio en su salud, manifestándose en una mueca de insatisfacción, dolor, coraje, desentendimiento, dejándose caer en una silla, que casi se desmorona por su gran peso, lágrimas que le quemaban el alma le corrieron por sus arrugadas mejillas. En un momento de desesperación, le tomó la cabeza a Mariana entre sus manos y mirándola a los ojos fijamente le dijo, "¿estás segura, mija?", la joven asintió con la cabeza, tomó a su madre de las manos, la abrazó, le dio un beso en la frente, espontáneamente le dijo, "me enamoré de él desde que lo miré en el café, mamá". Se hizo un largo silencio, fue suficiente para que Caridad asimilara lo que dijo su hija. Sabía del fuerte carácter de ella, de la toma de decisiones en los momentos de su vida, de la fortaleza espiritual con la que contaba, pero sobre todo de que ella no era su madre y Mariana lo sabía, motivo suficiente para alejarse de ella, según Caridad. No sabía que la joven la amaba, era agradecida y valoraba a esa mujer, quien había dado su vida para sacarla adelante, por darle el tiempo de su vida sin llevar su sangre, y era mucho.

Roberto presenciaba la escena dolorosa por la que ambas mujeres pasaban, comprendía lo que sentían, le daba pena estar ahí, intentó salir y la joven lo retuvo, "no te vayas, estás en tu casa", él se quedó sentado en el viejo sillón. Caridad se tranquilizó y se dispuso a platicar con Roberto. "¿Te piensas casar con mi niña?". "¡Por supuesto!", contestó él, muy seguro de lo que quería y confirmando sus buenas intenciones. Desde su lugar, Mariana lo miró, su mirada estaba llena de ternura, de amor, de admiración, de orgullo y agradecimiento, se sonrojó, así también él, pero trató de disimularlo. Desde que el norteño miró a Mariana esa tarde en el restaurante, al partir y dejarla, se propuso buscarla en un corto tiempo, sería quizá uno de esos casos de amor espontáneo, a primera vista, de esas emociones que difícilmente puede una persona deshacerse de ellas. Lo que llamaba aún más la atención a Caridad, era que ambos tenían la misma decisión, hacer un compromiso y en un futuro su hogar. Ella tenía apenas veintiún años, él para cumplir veintisiete. A la mujer se le hacía difícil, no porque la joven no sabría cómo atender un hogar, estaba acostumbrada a las actividades domésticas, ni porque se quedaría sola, era por su juventud, la que no había disfrutado mundanamente, como le dijeran en la escuela las religiosas, solo que así Mariana era feliz.

La pareja salió a comer y Caridad fue invitada. "No me siento bien", dijo, no suavizó el carácter, y se fue a su cuarto. Ellos fueron contentos y emocionados al mismo lugar donde se conocieron y pidieron la misma mesa. Por fortuna estaba con pocos comensales, y fueron a sentarse ahí, pidieron un café con leche acompañado de una canasta de pan recién horneado, "no puedes pedir huevos motuleños, jejejeje", dijo Mariana, bromeando con él. Roberto, con una mueca de gusto y su sonrisa de pícaro, le tomó tiernamente la barbilla e hizo una seña al mesero, miró a Mariana y ella dijo, "¿vas a ordenar ya?, porque no tengo hambre, deseo platicar". Mientras ella sorbía el café con leche y pellizcaba el pan calientito, platicaban muy animados como la última vez que estuvieron en ese lugar, meses atrás. Llegado el momento y el apetito, ordenaron un platillo típico, pan dulce con frijol, más café con leche. Después, la sobremesa fue más allá del atardecer, casi de noche, la joven, al ver encender la luz pública, reaccionó y dijo, "debemos irnos, mi madre está sola". Luego él se tomó un poco de tiempo y se paró, sacó la silla a Mariana, dejó una propina considerable y salieron. Se fueron caminando, la noche no era bochornosa como otras, soplaba un aire fresco que venía de la costa y hacía más agradable el paseo, fue así que sin sentir llegaron a la vieja casa. Era ya tarde, prefirió dejarla y regresar al día siguiente, al despedirse, le dio un fuerte apretón de mano, prometiéndole regresar temprano para ir a desayunar, ella con una dulce mirada lo despidió. Él partió, y con esa misma mirada lo siguió hasta que se perdió en la oscuridad de la calle.

Mariana había sido educada en las más altas ideas del conservadurismo, las ideas religiosas inculcadas por las monjas seguían y seguirían vigentes, hasta que su cuerpo le exigiera lo contrario. En ella estaban bien arraigados sus valores, por el momento, la honestidad, lealtad, respeto por ella y los demás. Valores suficientes para enfrentar la vida en una sociedad clasista, donde por lo mínimo etiquetan y gravemente relegan a cualquiera a un lugar incómodo, donde le impiden tener acceso a los beneficios que la misma sociedad le ofrece. A la joven, egresada de un colegio de religiosas, algunos la llamaban Santa, sarcásticamente. El grupo de sus amigas era muy reducido, la comunicación con el resto de sus vecinos muy raquítica, por lo general era acompañada por Caridad a todas partes. La joven sabía cómo administrar un hogar, lo venía haciendo desde su adolescencia, lo que no le limitaba tener éxito entre sus iguales. Caridad siempre estuvo pendiente de su hija, la guio con sus consejos, y si bien el colegio no era para preparar a las pequeñas para ser unas grandes amas de casa, abnegadas y sufridas, sí se les enseñaba a conducirse como esposas merecedoras de un lugar muy exclusivo en esa sociedad clasista.

Caridad estaba segura de que su hija era un ejemplo para quien pretendiera compararla con el resto de sus conocidas. Las personas que conocían a la mujerona, siempre que la miraban, le insertaban en el pecho el aguijón del tábano enfurecido, con preguntas sobre el futuro de la joven, ella apenas decía, "solo Dios sabe". Caridad, con el ceño fruncido, un jugo amargo le subía por las tripas del coraje que no sabía ocultar, por la incomodidad que le causaban tales preguntas, respuesta que le dejaba a Dios. También estaba convencida que la envidia les carcomía el alma, mientras ella y Mariana eran felices, el resto de infieles eran infelices, aseguraba. La mujerona esperaba que su hija tuviera un futuro próspero, con alguien no de alcurnia, sino con un hombre trabajador, humilde de corazón y que la amara por siempre. Si fuera posible de la localidad, por supuesto, por lo que Caridad no esperaba que Mariana se enamorara de un desconocido, menos que fuera fuereño, con costumbres diferentes y que la podrían hacer sufrir. Premonitoriamente, las cuestiones de las envidiosas algo le anunciaban, solo que se mordía la lengua y se tragaba el amargo de la saliva por la rabieta. Días después que conoció a Roberto, Caridad dijo, "¿qué pecado estoy pagando, Dios mío?", y se dejaba llevar por sus pensamientos. No era una mujer con ambiciones para ella, solo soñaba con una vida tranquila, una muerte en cama y acompañada por su hija, siempre trabajó, por lo que, si luchaba siempre, era por su hija, quien bien merecía tener una vida próspera.

A sus veintiún años, Mariana Noñi continuaba en constante comunicación con Roberto. Caridad cayó en un estado crítico de salud, sus achaques se fueron manifestando en dolores y un completo abandono de su persona. Una depresión aguda la invadió, la joven sentía que esta situación era su culpa, por lo que le prometió, con lágrimas en los ojos, dejar de comunicarse con su novio, quien era su gran amor y en quien confiaba plenamente la hiciera feliz y ella a él. Caridad le tomó la mano y cariñosamente le dijo, "no, mi niña, esta es obra de la naturaleza", le dio un beso en las blancas manos de la joven, cerró los ojos y suspiró, "descansa, madre", le dijo Mariana. Luego salió de la habitación y fue a realizar sus labores, entre ellas un caldo fortificante de hueso con mucho tuétano, lo que a su madre le fascinaba.

Mientras que Mariana se dedicaba a sus labores, de forma inesperada llegó una de sus amigas, no era bien vista por ella ni por su madre, incluso, ni su amiga la consideraba, ya que tenía el mal hábito de beber, algo que le desagradaba a la joven, que en ese momento se encontraba atribulada por la situación de su madre. Siempre que Caridad se refería a Lulita, decía, "ahí viene la borracha, cuídate, mija". Lulita era una joven de complexión delgada, de madre abandonada, fue prácticamente echada a su suerte, su madre no la atendía y optó por dejar sus estudios. Empezó a trabajar muy joven y darse sus gustos, entre ellos las exageraciones en el vestir. Contaba con apenas diecinueve años y dada su inexperiencia y sus malas compañías, pronto cayó en manos de un hombre mayor quienes le llamaban la atención y casados, si gozaban de una situación económica elevada, para ella mejor. Mariana la recibió, la pasó a la cocina sin dejar de hacer sus actividades, no tenía la menor intención de sentarse a escuchar las sandeces que por lo regular decía Lulita. Hablaba con una voz tan fuerte que era capaz de espantar o hacer callar a los pájaros. Tenía ínfulas de grandeza y creía que todos le debían respeto, sin que ella correspondiera a ese valor moral tan apreciado, a pesar de que su madre, una vieja que fue abandonada por el padre de Lulita, y le dio los mejores ejemplos, a ella no le importaba. Solía decir "la vida se vive una vez, y hay que gozarla". Mariana y sus otras amigas le decían que estaba mal, que la sociedad la etiquetaría y después se arrepentiría. "Te vengo a invitar a un paseo con las amigas", le dijo a Mariana. "No puedo, mi madre está enferma y debo cuidarla", le contestó. Lulita frunció el ceño y le dijo "¡no es tu obligación!". Se hizo un silencio y Mariana dijo "es mi deber". Mariana se mostró molesta y no continuó la plática, Lulita siguió con su monserga, era tan fuerte su voz que llegó a despertar a Caridad. Al darse cuenta de la desatención de su amiga, se despidió, "a ver cuando tienes tiempo para mí", le dijo, caminando rumbo a la salida; Mariana no le contestó, solo de reojo verificó que se fuera y cerrara bien el portón, que desde la cocina se veía, luego fue y le pasó el cerrojo.

A Mariana no le importaba en esos momentos ninguna fiesta, le preocupaba la salud de su madre, presentía una tragedia. En las cartas que constantemente se intercambiaban ella y Roberto, trataban ese asunto, lo delicado de la situación en la que se encontraba Caridad, lo sola y triste que ella se sentía y la ausencia de algún familiar que la apoyara. Esta situación ponía de mal humor a Roberto, quien se sentía impotente por no poder hacer nada y le causaba ansiedad. Nada podía hacer, ni proponer matrimonio, ni salir corriendo para estar siempre con ella, tampoco abandonar su trabajo. Todo eso se fue dando en un tiempo lento y sufrible para ambos, Roberto siempre estuvo firmes con Mariana.

A la corta edad de Mariana, veintiún años, con poca experiencia para enfrentar amargos momentos, como por el que estaba pasado. Y para quienes pensaban que no podría sacar adelante a su madre, la joven demostraba lo contrario, al hacer en la vida algo por ella y más por su madre. Respetuosa, trabajadora, honesta, con arraigo a su tierra y amorosa con sus semejantes la distinguía y hacía diferente. Así era Mariana, de alma dulce y bondadosa con carácter que determinaba sus decisiones, principalmente al atender con gran cuidado a Caridad, su madre, a quien amaba.

Después de esa crisis padecida por Caridad, Mariana no descansó. La situación de salud de su madre no mejoró, cada semana se agudizaba. Finalmente decidió sacar la múcura de debajo de la cama, donde estaban las monedas y pedacería de oro que la mujerona fue juntando. Mariana fue a ofrecerla en venta o en empeño, con el dinero obtenido, llevó a un hospital a su madre, donde la atendieron de una enfermedad que nunca diagnosticaron, solo la estaban estafando. En una de las cartas que tuvo oportunidad de escribir a Roberto, le explicó la situación que estaba pasando. El siguiente día, Roberto llegaba al puerto, con una pequeña maleta, donde llevaba lo necesario para una estancia corta en ese lugar, iba decidido a estar todo el tiempo con su amada. Cuando llegó a casa de Mariana, ella estalló en llanto, se apoyó en el hombro de Roberto y derramó en él todo el estado de debilidad en el que se encontraba, se relajó, fortaleció su espíritu, él, la abrazó amorosamente. Roberto pasó a ver a Caridad, la saludó, "buenos días, señora", le dijo, ella solo lo miró, la mujer presentaba una apariencia descolorida, verdosa y un olor nada agradable a pesar de estar limpio el lugar. Roberto no dijo nada, ya fuera de la habitación, miró a Mariana, quien tenía la esperanza en la recuperación de su madre. Roberto no creía en que fuera posible, era evidente el mal estado en que se encontraba la buena Caridad, le habían hecho transfusiones de sangre en dos ocasiones, él recordó una situación parecida con un familiar y meditó, antes de hacer el comentario con Mariana, la amaba y no deseaba hacerla sufrir.

Durante el corto tiempo que estuvo ahí Roberto, corroboró la gravedad de Caridad al llevarla con un oncólogo, quien personalmente le dijo que tenía como máximo cuarenta y cinco días de vida la empequeñecida mujer. "Una neoplasia maligna en el colon muy avanzada, es la causa de ese desgaste", le dice el médico. Roberto preguntó cuánto tiempo estaría así, "no tiene más de mes y medio de vida", le dijo el especialista, con una mirada de frustración y lástima. Como profesionales de la medicina, son pocos los que en realidad se salvan de esa terrible enfermedad, porque generalmente el enfermo llega a sus manos cuando ya casi no existe remedio, ahí está la frustración y la lástima, por la seguridad del sufrimiento del paciente, lo recomendable será siempre la prevención. Roberto bajó la cabeza y ahí se quedó pensando, no escuchó cuando el galeno se despidió y salió por una puerta trasera del consultorio. Una avalancha de pensamientos lo atribularon, estaba dispuesto a enfrentar junto a Mariana una serie de situaciones dolorosas. Salió de la oficina y se fue caminando por una angosta acera. A la gente no la miraba, caminaba como sonámbulo. Casualmente encontró al mesero de la parroquia, de quien se había hecho amigo, le palmeó la espalda, diciéndole como acostumbraba a decirle el amigo norteño a Damián, "¿qué le pasa, compa?". Tardó para reaccionar Roberto y a Damián le llamó la atención, tratando de ubicarlo en la realidad le habló de nuevo. Había terminado su turno el mesero y estaba libre, por lo que aprovechó y le invitó un café, precisamente en La Parroquia. Fue por un espacio de tiempo de dos horas o más, suficiente para que Damián se enterara de la situación que estaba viviendo Mariana y lo que se venía aún más difícil.

La familia de Roberto se puso a las órdenes inmediatamente después de llegar de forma urgente al llamado del profesor de música. No sentía seguridad dejar sola a Mariana con el problema que tenía su madre, todo lo que estaba sucediendo ya lo sabía la madre y el padre de él. Roberto, desde que les dijo de sus sentimientos hacia Mariana, lo apoyaron, por lo que venían ya listos a acompañar a la joven que hacía feliz a su único hijo. Roberto debería regresar, su permiso expiraba y de no presentarse tendría problemas laborales. Por el tiempo que él estaría ausente de Mariana, serían sus padres quienes estarían a su lado para apoyarlas en todo. Eran personas abiertas en su forma de ser, confiadas y amables, de un hablar muy fuerte y golpeado, sin embargo, su actuar era todo lo contrario, personas sencillas y humildes, pero como solía decir don Francisco, padre de Roberto, "tenemos palabra y es la más valiosa". Roberto se despidió de Mariana en el aposento de Caridad, donde le hizo la promesa de regresar para estar con ellas. Caridad alcanzó a tomarle la mano y con solo un apretón le demostró su agradecimiento; por la tarde salió rumbo a la ciudad donde laboraba y vivía.

Mientras, los días pasaban y Roberto no llegaba, Mariana un poco incómoda por la falta de su presencia, estaba inquieta y se comía las uñas del nerviosismo que le causaba esa situación. Una semana después llegó su novio, "ahora sí, amor, no te preocupes, aquí estaré contigo". Roberto había pedido un permiso sin goce de sueldo por tres meses, sabía de antemano que era suficiente para enfrentar lo que venía. Mariana no sabía del poco tiempo de vida que le quedaba a Caridad y mantenía la esperanza de alivio de su madre. Los padres de Roberto decidieron regresar a su casa, sabían del desenlace que se presentaría en corto tiempo y así podrían regresar y quedarse mayor tiempo, "en unos días más regresamos", le dijo don Francisco a Mariana, despidiéndose ambos amablemente. Salieron al siguiente día de que llegó su hijo. Había pasado justamente el tiempo que el especialista predijo cuando Caridad, agonizando en brazos de su amada hija, le contó la misma historia de su origen, ahí se enteró Roberto del pasado de su novia, él la abrazó amorosamente. Justamente en ese instante, el pequeñísimo cuerpo de la que antes fuera una mujerona, murió. Se iba de este mundo satisfecha de la encomienda de Dios aquí en la tierra y la confianza de haberla cumplido, mostrándola en una leve y diáfana tranquilidad en el ataúd, como siempre lo dijo a su hija postiza, "tengo que hacer de ti una mujer de principios, de responsabilidad, para que no andes dando lástima por ahí", recordaba Mariana, quien solo alcanzó a apretar contra su pecho el cuerpo tibio de su madre. En un mar de lágrimas y sostenida por Roberto, no quería dejar el cuerpo de Caridad, hasta que finalmente su novio, unas amigas, entre ellas la borracha, como solía decir Caridad cuando llegaba su aparente amiga, lograron que dejara el cuerpo sin vida en la vieja cama. Roberto salió y fue a solicitar un servicio funerario. Aprovechó también para llamar a sus padres, quienes inmediatamente salieron para tomar el vuelo que los llevaría al puerto jarocho, donde los esperaba Roberto y Mariana en un nudo de nervios que no la dejaban tranquila.

Fueron días muy fuertes para todos. El velorio de Caridad fue con todos sus amigos y familiares que inesperadamente surgieron, Mariana no comprendía, no tenía idea de donde habían salido. "Que fue una prima muy querida", decía alguien. "Siendo hermana de mi madre, no podía dejar de venir a traerle flores y darte las condolencias", decía otra. La joven no salía de su asombro, ¿de dónde tantos familiares?, se preguntaba y lo comentaba con Roberto, quien no se consideraba en condiciones de intervenir. Mariana debía de abrir un sobre que estaba en una de las múcuras con las monedas y pedacería de oro, ahí estaba clara la voluntad de Caridad respecto a su destino final, el cual debería respetarse al pie de la letra. Roberto acompañó a su novia leyendo lo que decía una nota corta, pero bien clara, que solo decía: "Pedro el lanchero sabe qué hacer, si él no vive, será Toño, la Rata, quienes harán cumplir mi voluntad, cúmplela, mija", decía al final de la nota. Se miraron uno a otro, "quedamos igual, no sabemos su voluntad, amor", dijo Roberto. "Vayamos pues a buscar a Pedro, ni idea tengo quien sea, pero seguramente en el malecón nos dicen", dijo Mariana. Tomando de la mano a su novio, juntos salieron en busca del tipo al que se mencionaba.

En la orilla del malecón estaban varios tipos de mala catadura, uno de ellos se adelantó, "trais pa un trago", dijo, dirigiéndose a Roberto. Adelantándose, Mariana preguntó, "¿conoces a Pedro el lanchero?". "Claro, es mi carnal", dijo, extendiendo la mano y afirmando, "soy la Rata". Ellos se miraron y lo siguieron. Sin que les dijera, se dirigió rumbo a un muellecito desvencijado y casi abandonado, donde estaban amarradas algunas lanchas, con cuerdas roídas por la sal, sobre una de ellas estaba un tipo con un sombrero de palma bastante viejo. Cuando escuchó los pasos, alzó la cabeza y los miró, casi con los ojos cerrados porque su vista estaba desgastada y poco distinguía; "Píter", le gritó la Rata, "aquí te buscan". Pedro no le contestó y esperó a que llegaran los visitantes. "Buenas tardes, soy Mariana Noñí Ibañez". Cuando dio su nombre, el viejo, que estaba mirando el agua que bañaba sus pies, levantó la cabeza y preguntó, "¿qué le pasó a mi comadre?". La joven se sorprendió de la familiaridad con la que se refirió a su madre, lo que le permitió con mayor confianza preguntarle qué sabía él de su voluntad de su madre al morir.

Pedro respiró profundamente, miró a la pareja y desconfiado, dirigiéndose a Roberto le preguntó, "¿eres de aquí?". Roberto lo miró y le contestó que no, que provenía del norte y era el novio de Mariana. Después, en silencio, el lanchero se acomodó unos huaraches viejos y mojados, el sombrero se lo quitó, se santiguó, porque él ya sabía de la muerte de Caridad, igual que la Rata. Luego, el lanchero inició una historia, donde hacía notar la vieja amistad que existió entre Caridad, la Rata y él. Afirmó que entre ellos se gestó una amistad pura y sincera, como hermanos, ninguno tenía familia y se protegieron entre ellos mientras pudieron; luego, refiriéndose a ella, dijo, "después que llegaste tú, mi comadre no nos visitó más, solo cuando nos encontrábamos casualmente en el mercado nos saludábamos, y lo de su voluntad, pues, es algo que me gustaría contártelo enfrente de su cajón, para que me creas, porque en verdad es increíble lo que oirás", afirmó. Colocándose de nuevo el sombrero y abrazando a su amigo, la Rata, quien de entre sus ropas sacó una botella de ron y ambos bebieron un grueso trago. "Vamos, pues", les dijo y se fueron, ellos abrazados y los novios tomados de la mano.

En la funeraria, atiborrada de amigos y los nuevos familiares, se abrieron paso entre los curiosos que miraron llegar a la joven acompañada de dos viejos harapientos. Ahí, los dos se hincaron e iniciaron una oración, después se santiguaron y apartándose, seguidos por los jóvenes, tomaron asiento, pidieron un café cargado y se miraron Pedro el lanchero y la Rata. Mariana le entregó el recado que encontró en la múcura, "esto encontré y ahí dice que ustedes saben de su última voluntad", les dijo, con lágrimas en los ojos. Pedro suspiró profundamente y dijo, "mi comadre siempre nos pidió que fuéramos cualquiera de nosotros los que lleváramos a su isla amada su cuerpo cuando muriera, yo visito cada año ese lugar, está escondido del mundo corrompido en el que vivimos, para ella era el paraíso, dijo que así estaría más confortable y feliz", concluyó. Los jóvenes estaban boquiabiertos, más ella que no entendía cómo era posible que jamás le dijera nada, a su única hija. Mariana miraba a Roberto, él la abrazaba tiernamente, el viejo sorbía el café que lo confortaba, miraba a la Rata y a los jóvenes, esperaba una respuesta de Mariana, que estaba turbada. De los repentinos y nuevos familiares nadie sabía que decir, no opinaban por que dudaban que la joven aceptara la última voluntad de su madre. "¿Qué hago?", le preguntó a Roberto. Hizo silencio, no atinó a contestar, fue la Rata quien dijo, "cumple su voluntad, los demás no tienen nada que decir", afirmó.

Los familiares sorpresa que aparecieron, sabían de una herencia de Caridad que solo podría gozar, paradójicamente, después de su muerte. Eran unos platanares, de los que las utilidades iban a parar a la beneficencia pública, de acuerdo a la voluntad de su abuelo antes de morir, quien creyó que Caridad haría un mal uso de esos terrenos. Una mala información de sus familiares que sobre ella regaron para desprestigiar a la bondadosa mujer. Caridad sabía de eso, mas nunca lo mencionó. De Mariana, los familiares de la difunta solo tenían la información de que era una recogida, mas no registrada como hija, por lo que esperaban reclamar los platanares. Cuando la joven anunció la voluntad de su madre y que se cumpliría, todos se opusieron, iniciando un alegato, argumentando que un recado no tenía valor y que Mariana no tenía ningún derecho de tomar una decisión. La joven se preguntaba el motivo de esa reacción y alguien, sin pensar, desesperado al ver que no obtendría nada de los terrenos, hizo mención de la herencia. Se hizo el silencio en la estancia, la joven comprendió entonces el motivo de la alharaca, fue Roberto quien intervino y dijo, "¡Mariana es su hija!". Se hizo un silencio más agudo. Luego se armó una trifulca sin precedentes, sin el menor respeto por el cuerpo tendido, perdiendo completamente la ecuanimidad. Roberto, más sereno, pero con una fuerte voz, sugirió, "que traiga su acta de nacimiento"; todos callaron. Luego, Mariana, acompañada de su novio, fue a casa por el documento que la acreditaba como hija adoptiva de Caridad, y con toda la legalidad que el estado le otorgaba podía tomar posesión de los bienes heredados. Mostrando el escrito, decidió que a su madre le cumpliría su voluntad, arrebatada, dijo, "la herencia no me interesa". Todos callaron y uno a uno fueron abandonando el lugar, solo los amigos el lanchero y la Rata estuvieron ahí, leales a la joven. La Rata dijo, "con razón no querías venir, compadre", mirando a Pedro. Del resto, solo una pareja mayor se quedó, "a nosotros nos interesas tú, hija", dijo un hombre ya mayor, tomándola de la mano, mientras se acercaba su acompañante, ella solo asintió con la cabeza.

En las siguientes horas, se hicieron los preparativos para partir rumbo al destino final de Caridad, el lanchero cumpliría así la promesa hecha a su comadre. La Rata y la pareja, familiar de la joven, nunca la dejaron sola, así como Roberto, quien amaba a Mariana. Al siguiente día, casi de madrugada, partieron en una caravana de lanchas algo viejas, el pequeño motor fuera de borda, insuficiente, las hacía más lentas, la carga era quizá demasiada para el motor que las movía; iban tan lento que rápidamente un ardiente sol cayó sobre los acompañantes en el fúnebre viaje. Partieron sobre unas aguas tranquilas, el rústico féretro iba en la panza de la embarcación más grande. La isla a donde sería el destino de Caridad, era tan desconocida, que solo los más expertos lancheros sabían llegar. Pedro era uno de ellos y la Rata su ayudante, eran quienes guiaban al resto de las embarcaciones. En otras barcazas iban los pocos amigos y Mariana con Roberto, los padres de éste se disculparon con la joven, argumentaron no tener suficiente fuerza para un viaje largo y cansado, que ahí los esperarían, ella los comprendió, les dio las gracias aferrándose a Roberto. El viaje fue tan lento que el empequeñecido cuerpo inerte de Caridad mostraba moretones e inflamaciones, estaba entrando en descomposición, el calor empezaba a hacer su trabajo y la hediondez empezaba a causar estragos alrededor de la barcaza donde iba el féretro, cuando divisaron la isla; "gracias a Dios", dijo Mariana.

Con trapos y pañuelos en la cara, los voluntarios bajaron el ataúd de Caridad. En los hombros el féretro y por una vereda que rodeaba el pequeño pueblo donde sobresalía la casa de madera recién construida, llegaron al pequeño camposanto. Eran pocas las tumbas y ahí quedaron los restos Caridad. En la tierra blanda, un grupo de hombres fuertes y acostumbrados al trabajo duro, empezaron a cavar la fosa, los acompañantes y algunos curiosos que llegaron, se tapaban la cara, debido al fuerte olor que despedía el cuerpo. Mariana no dejaba de llorar, Roberto la consolaba con el pañuelo en la boca. Habiendo terminado la fosa, el rústico ataúd fue bajado, con un puño de tierra Mariana le prometió a su madre visitarla cada aniversario de su muerte y rápidamente le echaron la tierra hasta dejar un solo montón, sobre la cual colocaron unas flores ya marchitas por el fuerte calor. Le encendieron unas velas y colocaron una cruz con el nombre y la fecha. La pareja se hincó, seguidos por los presentes iniciaron una oración por el eterno descanso de Caridad.

Pedro desde lejos miraba con tristeza el montón de tierra donde descansaba ya su comadre. Por su semblante hubieran pensado que algo sentimental existió entre ellos, la verdad era que el lanchero era primo de ella. Fue quien se encargó de que nada le faltara después del abandono económico que sufriera a causa de las injurias de sus familiares. Sabía que Caridad era trabajadora, sin embargo, cuando podía le llevaba algunos víveres, principalmente pescado del que obtenía de su trabajo. Una lágrima rodó por su mejilla y la Rata, que estaba a su lado, le palmeó la espalda, "tranquilo, compadre", le dijo. Ya terminada la oración, Roberto habló con quienes hicieron el trabajo de excavación, al pagarles el servicio, ellos no aceptaron, "fue una buena mujer, por eso lo hicimos", dijo uno de ellos, el resto hizo silencio; "gracias", contestó Roberto. Se escucharon unos pasos, era Pedro que les dijo, "tenemos que irnos, no conviene la oscuridad para el regreso". Todos se santiguaron y se fueron rumbo a las lanchas.

Antes de abordar, tomaron unas bolsas tejidas de tela para pescar y sacaron pescado y camarón seco, la Rata llevaba una botella de ron que compartía con su compadre. La mayoría comieron algo, Mariana rechazaba todo, Roberto la invitó a comer algo, casi le exigió, "con la salud no se juega, anda, come", le dijo, la joven masticó unos camarones secos y bebió de un ánfora agua de maracuyá.

El crepúsculo estaba en pleno esplendor, las luces del puerto se divisaban a lo lejos, la mayoría cansados por el día tan ajetreado, dormitaban arrullados por el ronronear de los motores fuera de borda. Mariana descansaba sobre el regazo de Roberto, él, ensimismado en sus pensamientos, tratando de entender los hechos de la noche anterior, cavilaba. Sobre todo, la forma de actuar de los familiares de su novia, que no supieron respetar ni el cuerpo tendido de Caridad, no entendía, pero sabía que una razón muy fuerte los tenía descontrolados. Miraba a la pareja que los acompañó y pensó si podía confiar en ellos. Se prometió desenredar la maraña de conflictos e intereses que rodeaban a Mariana. Finalmente llegaron al destartalado muelle donde tenía su equipo Pedro, estaban hambrientos y sedientos. Mariana, ya despejada, invitó a todos a su casa, temía llegar y saberse sola, "vamos a casa, allá habrá algo de comer", les dijo a todos, solo la pareja, Damián y Teresa, aceptaron, el resto se despidieron de ellos, deseándoles buena suerte y prometiendo a la joven no dejarla sola. Luego partieron rumbo a su casa, ya estaba de noche cuando llegaron, una oscuridad invadía todo. Mariana, impresionada por el profundo silencio y la ausencia de Caridad, empezó a llorar, trataba de controlarse y no podía. Teresa le preparó un té y se fue tranquilizando. Media hora después llegaron los padres de

Roberto, le habían llamado al hotel de una caseta telefónica, traían con ellos comida preparada, todos pasaron a la mesa y saciaron su hambre. La sobremesa duró bastante, se tocó el asunto relacionado con la herencia. Damián Ibáñez, primo segundo de Caridad, le dio claridad al enredo que los familiares hicieron en relación a la herencia.

Ahí se enteró Mariana, por lo que les contó Damián, que el abuelo paterno de su madre, a pesar de amar a su hija, le negó la oportunidad de tener todos los bienes, todo a causa de una injuria de sus tíos, primos y sobrinos, que no la consideraban de la familia, ya que ella era adoptada. Se dijo que había tenido una acción incestuosa con un hermano, lo cual era falso, por lo que la herencia de varias hectáreas de platanar, las recibiría muerta, como castigo, según el abuelo, o a sus hijos, si los tuviera. De lo contrario, pasaría al poder de los familiares directos hasta la segunda generación, "a nosotros no nos interesa", terminó diciendo el tío. Roberto y sus padres no entendían el odio que cultivó sobre la mujer que le diera siempre un buen ejemplo a su hija postiza, quien finalmente nunca parió hijo alguno y derramó todo su amor en Mariana, "ahora entiendo cómo fue que estudié en ese colegio tan caro", dijo la joven, todos callaron.

La pareja se ofreció a cuidar de la ahora huérfana, le ofrecieron su casa, vivían solos, una hija única que los abandonó y les dio muchos dolores de cabeza, no la vieron después de que dijo se iría a los Estados Unidos de América y jamás regresó. Mariana no estaba dispuesta a abandonar lo que ella solo conoció como su casa y se negó a ir. Ellos la entendieron y propusieron quedarse a vivir ahí, si ella quería, finalmente estaban tan solos allá en su vivienda que les parecía mejor cambiar de residencia, sin abandonar la propia, "no seremos una carga para ti", le dijeron; Roberto contribuyó y finalmente Mariana aceptó, "mientras ponemos fecha para casarnos", agregó el joven. Sabía que no era el momento, pero quería estar seguro que Mariana estaba aún dispuesta a unir sus vidas. Casi a media noche se despidieron, prometieron regresar al siguiente día, Roberto pretendía dejar arreglado todo lo legal de su novia, no por interés, solo por su seguridad, de Damián y Teresa no dudaba, irradiaban confianza y estaba seguro que serían una buena compañía para la joven.

Al siguiente día, a media mañana llegaron a la casa ahora propiedad de Mariana, Lulita la borracha estaba ahí, Roberto desconfiaba de ella, saludó y preguntó por su tío, habían ido a su casa por ropa y un cotorro viejo que nunca lo dejaban. Mariana fue a la cocina y ahí Roberto le dijo, "no platiques nada de lo de anoche", ella asintió con la cabeza y fueron los dos a la mesa, Lulita se incomodó y se fue, en eso llegaron Damián y Teresa, en una jaula venía el perico que traía una bullaranga que aturdía, la colgaron a la entrada, atrás del portón de cedro, daba otro ambiente, aun con el pesar que los agobiaba. Mariana extrañaba a su madre, en cada rincón, imagen, taza o plato, estaba Caridad, "solo el tiempo cura los males, mija", le dijo la madre de Roberto, abrazándola cariñosamente. Prepararon desayuno e hicieron sobremesa, mientras la pareja se acomodaba, los novios platicaban con los padres de Roberto, quienes planeaban ya su despedida, tenían cosas que hacer en su tierra, argumentaron. "Yo me voy a quedar unos días más", dijo Roberto, "me harás mucha falta", afirmó Mariana. Entre despido y planes a corto plazo, fueron dejando pasar el tiempo hasta caer la tarde, luego se despidieron, prometiendo regresar antes de dejar la ciudad, programada para el siguiente día; antes de retirarse, dijo Roberto, "ten cuidado con Lulita", y sonrió, dándole un cariñoso beso en la frente.

Al siguiente día los padres de Roberto partieron rumbo a su estado natal después de despedirse de Mariana. Roberto se quedaría unos días más para desmadejar lo que él consideraba un futuro problema para su novia. Fue a la terminal aérea a dejar a sus padres y regresó a casa de la joven Mariana, a quien encontró un poco atribulada; los tíos de ella leían un notificante proveniente de la notaría local, donde se le daba a conocer la fecha para la lectura del testamento, a donde deberían asistir todos los familiares, hasta la segunda generación, como lo establecía la voluntad del abuelo de Caridad. A Roberto le dieron el documento para que lo leyera y él le aconsejó que llevara su acta de nacimiento, eso avalaría su situación. La lectura testamentaria sería en veinte días naturales, tiempo en el que Mariana sufriría de alguna forma los embates de sus familiares, quienes pretendían quedarse con los bienes que legalmente le pertenecían. Sus tíos le pidieron calma, prometiéndole que ellos estarían ahí para apoyarla en todo, sin ningún interés. El tiempo se fue rápidamente y llegó la fecha; dijo Roberto antes de que se fueran a la notaría, "no hay fecha que no se llegue, ni plazo que no se cumpla. Todo va a salir bien, ten fe y no digas lo que no sabes, ni comentes de lo que desconoces, yo aquí te estaré esperando", un beso en la frente selló la partida y él se fue a un café.

Cerca de donde estaba Roberto se ubicaba la oficina del notario, miraba cual aves de rapiña llegaban los falsos familiares interesados en los resultados de la lectura del testamento, el cual estaban seguros les favorecería; sin embargo, lo establecido en las cláusulas del testamento ológrafo, que existía ya desde hacía muchos años en poder de un notario y del registro público de la propiedad, favorecieron a Mariana. Legítimamente fue nombrada heredera universal de todos los bienes, por demostrar ser hija de Caridad, la heredera post mortem. El proceso de lectura y determinación de los beneficiarios, fue en realidad corto, después de hacer público y legal el derecho universal de las propiedades que debió gozar Caridad en vida, ahora lo era la única hija adoptiva de la recién desaparecida, Caridad Noñí Ibáñez. Pasadas dos horas, Roberto miró como los familiares en pareja iban saliendo de la oficina, con sus caras desencajadas y refunfuñando porque no fueron ellos los favorecidos por el testamento, con gritos, que no les importó los escucharan, las amenazas y maldiciones hacia la heredera universal que ahora era Mariana, eran de coraje y frustración. Roberto solo esbozó una sonrisa de satisfacción al verlos fracasados, no por interés, sino porque finalmente se hacía justicia a alguien que lo merecía, después de tantas privaciones vividas, que también merecía su madre, Caridad, que ahora descansaba en una isla sin nombre.

Los días fueron pasando, Damián y Teresa se iban adaptando a su nuevo hogar, así Mariana no estaba sola. Roberto acompañó a su novia a tomar posesión de las propiedades, por humanidad y caridad, decidió que el cincuenta por ciento se le siguiera destinando a las instituciones que habían sido favorecidas hasta la fecha. Lo restante, sería suficiente para vivir mucho mejor que antes, en compañía de sus tíos; para Roberto fue la mejor decisión, eso demostró la gran mujer que había educado Caridad, lo que hizo que reafirmara su amor por ella, "es una gran mujer, sin duda", pensó el joven. Roberto debía presentarse a su trabajo y le dolía dejar a su novia, sin embargo, la presencia de la pareja le daba confianza y se iría tranquilamente en los siguientes días, se lo informó a Mariana, quien ya estaba acostumbrada a su presencia y lo amaba; "vendré en cuanto pueda, no lo dudes, mi amor", le dijo, sellando con un beso la promesa, partiendo al siguiente día.

Mariana aprendió, con la asesoría de sus contadores y representantes de sus bienes, a administrar sus ingresos que capitalizaban en varios miles de pesos por año, durante su corta soltería. Sus actividades consistían en ir los centros de beneficencia, a colegios religiosos y escuelas públicas, iglesias, centros de readaptación para adictos y principalmente el apoyo a campesinos. Estas actividades por lo general eran en el medio rural, no abandonó la idea de dejar una partida económica para ella, que se depositaría en una cuenta especial y que solo los banqueros y ella conocerían, como una medida de prevención en caso de algún fracaso, del cual ningún matrimonio está exento. Esto le daba mayor seguridad al partir con su amado, no era egoísmo ni algún interés en ocultar lo que había planeado, porque finalmente solo el destino y la vida le darían la razón en algún momento.

Roberto la visitaba por lo menos cada mes, de acuerdo a sus actividades académicas, que eran su fuente de ingresos. Admiraba cada día más lo bondadosa que era su novia, así como el agradecimiento que siempre tuvo con Pedro el lanchero y la Rata. Antes de que Caridad cumpliera un año de haber ido a descansar a la isla sin nombre, el maestro de música le propuso matrimonio a Mariana, quien, sin dudarlo, aceptó. Había cumplido Mariana veintidós años, luego, Roberto, acompañado de sus padres, hizo la petición formal de mano, ante los tíos de ella, familiares más cercanos y a quienes debía el respeto como si fueran los padres. Sabían que estaba bien cimentada la relación por el amor y el respeto que se tenían, por lo que ambas familias aceptaron con alegría, y pusieron la fecha de la boda para el siguiente año, después de que Caridad cumpliera su segundo aniversario de fallecida y Mariana sus veintitrés años de edad, con lo que se cumpliría así, el deseo más acariciado por su madre. En los siguientes días, Caridad cumpliría su primer año de muerte, Mariana cumpliría la promesa que hizo en la tumba de su madre, de ir a visitarla cada año, Roberto la acompañó, ella iba alegre porque estaba con su futuro esposo, quien quizá sería la única vez que la acompañara.

Como decía Roberto, no había fecha que no se llegara ni plazo que no se cumpliera. Antes de que se llevara a cabo la unión matrimonial, Mariana fue a visitar la tumba de su madre, le dio de nuevo las gracias por el hecho de que, a pesar de no llevar su sangre, haberla querido como una hija. Le platicó de su futura unión con su amado Roberto, con quien deseaba tener los hijos que Dios le diera. Sus visitas eran de ida y vuelta, Pedro el lanchero la llevaba, acompañado de la Rata, solo que en esa ocasión la Rata no fue, había muerto recientemente de cirrosis; Pedro lo extrañaba. "A ver si el otro año te traigo yo, mija", le dijo al dejarla de regreso, ella le habló de su boda, pidiéndole que la acompañara, él solo la felicitó, amarró la lancha y se despidieron. Todo estaba listo para la boda, las invitaciones entregadas, y los preparativos iban acelerándose después de la petición de su mano, el vestido, la iglesia y el lugar de la fiesta, solo esperaban el día.

Desde muy temprano, un diáfano sábado de octubre, todos estaban ya preparándose para el evento. Por la tarde, se presentaron los novios en la parroquia, estaba adornada de lo mejor. Roberto se presentó puntualmente, esperaba a la novia en el altar, orgulloso y pleno de satisfacción por llevarse el mejor partido de la creciente ciudad. Llegado el momento, el párroco hizo las últimas recomendaciones, la marcha nupcial inició, los asistentes se pusieron de pie, Mariana lucía hermosa con su vestido bordado a mano, caminaba entre nubes, solo tenía ojos para su futuro esposo, quien la recibió del brazo de su tío Damián, quien representó al padre que nunca tuvo. Ambos se veían felices, esperando diera inicio la ceremonia, de un bello color perla era la túnica del sacerdote, con un padre nuestro da inicio la celebración, todos se santiguaron e iniciaron las oraciones, luego las lecturas, la colecta que jamás deja de faltar, seguido el matrimonio, en ese momento crucial para ambos, se juraron amor eterno, en la prosperidad y la pobreza, en la salud y la enfermedad, hasta que la muerte los separe. Después, el momento de comulgar; ya habiéndose cumplido con la ceremonia, los novios salieron del templo, en una lluvia de arroz y buenos deseos manifiestos por los asistentes, se dieron un beso, no tan apasionado como los que les esperaban, luego partieron rumbo al local del evento.

En el lugar de la fiesta, cuidadosamente decorado, ya estaban los músicos. El mobiliario muy bien acomodado, la pulcritud manifiesta por todas partes. Ya estaban algunos invitados cuando llegaron los novios, recibidos por un aplauso estridente de admiración y respeto por la pareja. La fiesta fue popular, las invitaciones fueron para una inmensa mayoría de personas, siendo Mariana tan conocida y apreciada, no podía faltar nadie, de todos los estratos sociales, juntos, conviviendo en honor a los recién casados. Los novios y su familia tomaron el lugar de honor, la mesa donde se llevaría a cabo el brindis.

En punto de las ocho de la noche inició la orquesta, se dio muestra de arpas, de tríos, mariachis y un grupo norteño que acompañaron a Roberto desde su tierra. Ahí mostró las habilidades del taconeo norteño. Casi de madrugada, los novios se fueron a descansar, por separado, como lo sugirió la madre de él y coincidió con Teresa, la tía de Mariana. Por la tarde del mismo día, salieron de luna de miel rumbo a la capital tapatía, donde estuvieron una semana, para regresar al pueblo jarocho y partir de nuevo a la tierra del esposo de Mariana, quien, con lágrimas en los ojos, dejó a sus tíos, comprometiéndolos a que nunca dejaran esa casa, que era de ellos, la de su propiedad habría que venderla, así se evitarían doble gasto de mantenimiento. Mariana había de hacer testamento antes de salir rumbo al norte, donde sería su nueva residencia. "Ya que tengamos nuestros hijos, vendremos a verlos", dijo ella, abrazó a sus tíos, lloró y finalmente partieron rumbo al aeropuerto, los dos iban felices y enamorados.

PROGRESO DE LA ISLA MARIANA

La realidad en la isla era diferente, Mariana vivía de verdadera libertad, sin temores, con planes para mejorar la vida de ella y los habitantes de la isla. En el antiguo lugar de residencia de Mariana, un telediario anunció fríamente la catástrofe ocasionada por un huracán categoría cinco, afirmaban que habían desaparecido múltiples islas menores, algunas nunca identificadas en el mapa mundial. Roberto y su familia se cuestionaban la falta de información acertada, pensando en tanta tecnología existente en el mundo, no tener información precisa y haber perdido a su esposa en un viaje. Roberto deseaba que Mariana le otorgara el divorcio, solicitud que había enviado, y le notificó telefónicamente a través de su amiga Irene, y nunca recibió respuesta.

Roberto no era de mal corazón, solo que estaba enamorado. Lo que no deseaba era que Mariana desapareciera, al confirmarse su inexistencia, sus hijos estaban destrozados. En razón a eso, hicieron una solemne misa de despedida por la muerte de su madre, afligidos todos, hasta Roberto. Recordaba el infiel la promesa hecha a Caridad de hacer feliz a Mariana, esto le taladraba el cerebro, y al hacerlo le daban escalofríos el solo pensar el sufrimiento de Mariana ante el fenómeno que según él se la llevó. Él era feliz con su nueva pareja, siendo muy joven ella ya estaba encinta y Roberto requería su libertad, situación que se facilitó porque pudo comprobar la desaparición de su esposa en esa isla que ya no ubicaba, y que daban por desaparecida, situación que fue certificada por la autoridad correspondiente, permitiéndole así obtener su libertad marital.

Como dirían en los pueblos, no se despellejaba aún la cara de Mariana en su recinto mortuorio que fuera, creyéndola muerta, cuando Roberto había metido a la nueva mujer a su casa; la ingratitud del ser humano. Mientras tanto, Mariana gozaba de lo que inteligentemente fraguó durante más de treinta años, y que Roberto jamás sospechó, ni supo de los bienes que su legítima esposa poseía. Allá, en la isla, la mujer que llevaba escasas semanas en ese lugar apartado de Dios, que había decidido ser feliz, pensando en el hombre del borsalino, preparaba la remodelación de la casa de huéspedes en la que siempre se hospedó. Irene, su inseparable amiga, estaba boquiabierta cuando Mariana le dijo "después de la remodelación de esta pocilga, deseo comprar el sistema eléctrico y modernizarlo, para bien de todos". "¡De verdad!", con las manos en la cara, alcanzó a contestar la gerente de la casa de huéspedes.

Todo se estaba facilitando a las amigas en sus planes para mejorar la vida de los buenos habitantes de la isla. Recursos económicos suficientes había para lograrlos. Lo último que pretendían Mariana e Irene no sería difícil, ya que estaban por echar al dueño de la planta eléctrica. Un tipo regordete que rara vez se presentaba en la isla, era el dueño del viejo generador que les daba un deficiente y caro servicio de energía eléctrica. Todo estaba programado, solo faltaba que se iniciara la remodelación de lo que sería su casa a partir de ahora. Irene no estaba de acuerdo con su patrona, "haga su casita allá en la playa", le comentó en una ocasión a Mariana, "¿te quieres deshacer de mí?, cuestionó duramente a su amiga. Una lágrima de arrepentimiento por lo que dijo dejó entrever Irene, Mariana la abrazó para reconfortarla. "Amiga", le dijo Mariana, "la idea de hacer mi vida al lado de ustedes, se debe a que jamás fui tan libre como ahora, con amistades sinceras y esperanzas de rehacer mi vida, socializar en este lugar me hace feliz, por ese motivo quiero quedarme aquí, en una casa en la playa estaría sola y quizá hasta desprotegida, soy muy miedosa, comprendes", terminó diciendo a Irene.

En los siguientes días, se inició la remodelación de la casa de huéspedes. Sin tirarla, le fueron cambiando desde los cimientos, tuberías, maderos ya corroídos, techos y muebles modernos. Todo mundo sabía que esa casa de huéspedes jamás pagaría la inversión, pero que, si verían a su dueña feliz, era lo más importante. Mariana se paraba de la cama muy temprano, se duchaba con agua fría, iba a la cocina donde la esperaba Irene, tomaba su cafecito con leche endulzado con miel de abeja, y salía a la calle. Sentía un gran aprecio por esa isla abandonada a su suerte, no tenía bandera de alguna nación, por lo que no pertenecía a ninguna potencia mundial, algo que le parecía muy raro, y se preguntaba, ¿no habrá suficiente riqueza en este lugar como para que se interesen por él? Seguía su camino, cada vez más convencida que de ese lugar paradisiaco se podría hacer un lugar próspero, que trajera trabajo a sus pocos habitantes por medio del turismo, también traería extranjeros interesados en apropiarse de la isla, pensaba. Luego regresaba a la casa de huéspedes, recordando al hombre del borsalino, deseaba volver a verlo.

Mientras Mariana soñaba con un paraíso, donde sus habitantes fueran felices y con una vida próspera y plena, Roberto recibía la solicitud de divorcio firmada por Mariana. Al recibir la notificación del juzgado, por su cabeza pasaron muchos cuestionamientos.

¿Vivía aún? ¿Por qué no se había comunicado? ¿Pretendía volver y vengarse de lo que él había hecho? ¿Le quitaría su casa? ¿Qué haré si llega? Un mar de dudas que no sabía con quién aclarar. Mariana, por su parte, ni siquiera lo recordaba, por sus hijos sí sufría, pero no sería ella quien les resolvería sus problemas, además recordaba que ahí era feliz, a su medio siglo de edad, no sentía ganas de sufrir de nuevo lo que vivió con Roberto, a quien no le reclamaría nada en absoluto si lo llegara a encontrar, algo que tampoco deseaba.

Al llegar a la casa de huéspedes, Irene le dijo, "llegó este recado muy temprano y se me pasó entregárselo, mil perdones". La mujer lo abrió. "Mariana, he estado lejos de ti, ansío tu presencia, anhelo tu compañía, espero sepas comprenderme, llegaré cuando menos lo esperes, nos vemos luego. Esteban". A Mariana se le llenaron los ojos de lágrimas, una sonrisa se dibujó en su boca, llena de satisfacción, se fue a su recámara sin despedirse, releyendo el recado. Entró a su recamara, se tiró en la cama y fijó su vista en el techo, reviviendo los momentos que había vivido con el hombre del borsalino. Recordaba todo, lo que más le intrigaba, era que solo sabía su nombre, Esteban Barba, nombre que repitió varias veces, sin saber su procedencia, a que se dedicaba, como vivía, si estaba casado. Era un remolino de cuestiones que alrededor de ese hombre se hacía. Sabía que el único novio que tuvo, ahora su exesposo Roberto, jamás la hizo sentir lo que con este desconocido vivió, disfrutó de un sexo repentino, improvisado, inseguro y quizá, irrepetible. Mariana siguió en una concentración sobre Esteban que se olvidó de comer, hasta que el ruido de sus tripas llegó a sus oídos y saltó de la cama, fue a la cocina a desayunar, en compañía de Irene, le dijo, "no podemos esperar mucho para la remodelación, va a venir gente importante y deseo que tenga buena impresión del lugar que ahora es nuestro". La administradora la miró, "es el del borsalino, amiga", Mariana asintió con la cabeza sin decir nada, solo una luz de felicidad se dibujó en su cara, era feliz.

En las siguientes semanas las dos mujeres se dedicaron a contratar mano de obra de la isla. Bajo el mando de un especialista en la construcción, se inició la remodelación de la vieja casona, lo cual no fue muy complicado. Después de una minuciosa inspección, el técnico especialista determinó que solo era una remodelación externa, debido a que la cimentación y el sistema del drenaje estaban en condiciones de funcionamiento óptimo. Después de hablar con las dos mujeres, les sugirió hacer cambios en mobiliario, equipo de baños, cocina y sistema eléctrico, algo que con su ayudante y otras personas sacaría adelante el trabajo en unas semanas. Ambas mujeres se tomaron un tiempo para comentarlo en privado, después de determinar y estar de acuerdo en todo, llamaron al responsable de lo que haría y acordaron. De entrada, le dijeron que estaban de acuerdo, que elaborara una relación de materiales para ir al puerto por ellos, todo lo que iba a necesitar, es necesario que esté lista lo más pronto posible, para ellas era necesario. El tipo le dijo que ese día estaría todo en una lista presupuestaria y sus honorarios, afirmó que harían un trabajo garantizado, pero bien pagado, las mujeres solo dijeron "esperamos así sea"

En los siguientes días llegaron lanchas con motor fuera de borda, fuertemente cargadas de material para construcción, algo que hacía años los habitantes de la isla no veían y otros nunca habían visto. Traían madera, pintura, tinas y equipo sanitario, tubería de cobre, herramientas de soldadura, madera para la construcción de camas, mesas, sillas, ventanales y una fachada mucho más atractiva; también llegaron tres o cuatro tipos más, carpinteros, plomeros, electricistas y un pintor. Irene estaba asustada de tanto extraño que entraba y salía de la vieja casona, sin dejar de ver insistente al encargado de la obra, un tipo alto, fornido, de cabello entrecano, de piel ruda y tostada por el sol, aparentemente más joven que ella, situación que no importaba, si en un momento dado él la consideraba. Así se la pasaba junto a Mariana, que supervisaba cada trabajo como una experta.

El recado de Esteban ya parecía papel de baño de tanto abrirlo, leerlo, volver a guardarlo y sacarlo de nuevo, hasta que Irene le dijo, "amiga, te vas acabar con ese desdichado papel, ya ni se han de ver las letras". Mariana le contestó, indicando con el dedo índice, colocado en la sien derecha, "pero aquí está grabado, amiga". Irene entre dientes y temerosa le contó a su amiga que Manuel, como se llamaba el responsable de los trabajos de remodelación, le llenaba todos sus momentos de la vida desde que lo miró, solo temía que él no la considerara como mujer, sino como una empleada más de la casona. Mariana la miró y le dijo "esa misma impresión tuve cuando desgraciadamente caí en manos de Roberto, sola me minimicé, no creo que sea necesario recordarte que eres tan valiosa como cualquier mujer, date tu valor y él sabrá con quien estará tratando, recuérdalo siempre amiga, vales mucho". Había en el viejo edificio mucha gente, todos en sus quehaceres, Manuel pasó en ese momento, disimuladamente lo miró Mariana y agregó, "no andas tan equivocada amiga, no está mal el hombre, mucha suerte", término diciendo y salió a la calle.

Mariana se había convertido en el pueblo en una de las figuras más importantes para la pequeña comunidad. Quienes la conocían, confiaban en su buen corazón y una muestra fue las continuas flores que llegaban a la tumba de su madre, frescas y la de su gusto, como eran los claveles. Se paseaba por la pequeña isla, pretendía hacer de ese edén algo más cómodo y humano, sin tantas carencias y una buena fuente de trabajo, si ellos lo permitían. Lo primero era hacerse de la planta generadora de energía eléctrica, luego, mejorar el sistema del drenaje de la casona para evitar la contaminación, hacer un buen trazo de las veredas para que se convirtieran en calles transitables y seguras, mejorar la vida en general. Cuando estaba en ese trance imaginando una transformación, sin esperarlo se encontraba luego en el faro, en silencio, solo escuchaba el golpeteo de las olas en las grandes piedras rompeolas y la fresca brisa que le inundaba su cara, permaneciendo ahí por mucho tiempo, añorando a Fluvio.

Regresaba a la casona, le platicaba entusiasmada a su amiga, hacía dibujos en un cuaderno y le ponía nombre a cada calle, callejón, a los desagües del drenaje, la modernización del sistema eléctrico y la colocación de más luminarias. "Amiga, seré la primera en apoyarte, pero también decirte que no depende todo de ti, los nativos son buenos, pero jamás han trabajado, ni tienen preparación, no son disciplinados, ese va a ser el primer reto, y te apoyo", terminó diciendo Irene. La buena mujer se quedó pensativa, muy quedito dijo, "sé que lo lograré", y siguió haciendo dibujos, anotaciones, mientras bebía un cafecito bien cargado. En su silla, cruzaba las piernas, acostumbrada a colocarse la mano derecha en el mentón y se trasladaba a un infinito donde se encontraban Esteban, sus hijos y el recuerdo de su madre.

Con gran entusiasmo, las siguientes semanas ambas mujeres fueron incansables. Se les veía igual en un extremo como en otro de la pequeña isla. Irene ya no solo se encargaba de la administración de la casa de huéspedes, también designaba y cambiaba de personal. En esos días fueron forzadas a ir al puerto jarocho, algo que no le agradaba a Mariana, le abrumaba la distancia y temía encontrarse casualmente con alguien de su antigua familia, por lo que generalmente solo estaban horas. Habían convencido al dueño de la planta eléctrica de que se las vendiera, logrando un buen precio, dándole la oportunidad de que se llevara el viejo motor a diésel que no dejaba dormir a toda la comunidad. Gustavo, su apoderado y administrador, no se sorprendió al ver a su amiga y patrona en el puerto; como siempre, de forma discreta se citó con el regordete dueño del generador eléctrico, llegaron a un buen precio a cambio del dínamo, cerraron el trato con un apretón de manos y se despidieron. En los siguientes días Gustavo se encargaría de la adquisición de una buena planta generadora de electricidad, moderna, discreta, eficiente y que no contaminara.

Semanas después habían terminado la remodelación de la casa de huéspedes e Irene ya gozaba de un tórrido romance con el jefe de la remodelación. "No tienes remedio, amiga", dijo Mariana a la joven Irene. Siendo ya como familiares, a Irene se le construyó un departamento al lado de la casona, ahí fue a vivir Manuel con Irene. Él era un tipo callado y tranquilo, ella dicharachera pero respetuosa, siempre ansiosos por estar juntos en la privacidad de su recámara, principalmente. Eran felices, "el dinero y el amor no se pueden esconder", decían ambos, asegurando no tener compromisos de ninguna índole, disfrutaban plenamente de la vida. Mientras el tiempo lo permitía disfrutaban de su gran amor, desde la cocina hasta en el patio trasero, a la luz del día, más emocionante, decía Irene.

Llegaba en esos tiempos una cuadrilla de ingenieros, con equipo especializado, para la instalación de una planta generadora de energía eléctrica suficiente para abastecer a toda la isla. Estos especialistas se instalaron en la casa de huéspedes, haciendo así mayor el meneo de personal del nuevo y deslumbrante edificio. Previo a su llegada, también arribaron un sinnúmero de partes difíciles de identificar. Un barco, que bajó sus anclas a muchos metros lejos de la playa de la isla, en botes de carga, inició la descarga de todas las partes que conformarían la nueva estación eléctrica. Un par de ingenieros eran quienes supervisaban que todo fuera en orden y en un espacio ya elegido, se ubicaron en tierra. En un estudio previo, se decidió que fuera cerca del viejo muelle, así recibiría a los visitantes de tan gran obra.

Bastaron dos semanas para que se armara una gran torre metálica mucho más elevada que el faro de Fluvio, con grandes aspas que el viento movía para generar energía eléctrica. Era una planta eólica, eficiente, funcional y que no contaminaba, tal como Mariana la había solicitado, agregando, además, que todo fuera lo más discreto posible, por si pensaban inaugurar el acontecimiento, por lo que solo los ingenieros dieron vida a la nueva obra, haciendo la luz artificial subiendo un break. El día que fue conectada a la casi desaparecida red eléctrica pública, que también fue rehabilitada, al encenderse las luminarias, de las tres únicas calles, la principal se invadió de personas. Boquiabiertos, con murmullos, sollozos, aplausos, caminaban hasta donde llegaba la iluminación, no podían creer lo que estaba sucediendo, pero lo agradecían. Mariana, Irene y Manuel admiraban la fachada de la casona reconstruida, que en nada se parecía a lo que era antes. Estaban ahí cuando una procesión llevaba ya en alto al Cristo del mar, para darle gracias y festejar el milagro. Al pasar por ahí, tomaron de la mano a Mariana, Irene y Manuel, arrastrándolos, para agradecerles también la aportación de la nueva imagen de su amada isla, convirtiéndose la procesión en una gran fiesta, improvisando bailes de los nativos. Manuel e Irene se incorporaron a la fiesta, los bailes autóctonos salieron a relucir y las mujeres hicieron gala de sus mejores pasos. Hasta que el tiempo terminó, de acuerdo a sus propias reglas.

No habiendo representación institucional, por no pertenecer a ninguna nación en particular, los naturales y quienes en la isla se habían incluido como residentes, establecieron reglas de ética. Dentro de las reglas estaban los horarios para fiestas o festejos familiares, comercios, castigos a quienes infringieran esas reglas, tan drásticas que llegaban al destierro, cuidaban que extranjeros con intenciones de apropiarse de la isla llegaran e invadieran su espacio. Era un grupo selecto quienes representaban y aplicaban esas reglas de ética. Mariana necesitó la autorización para la compra e instalación de la nueva estación, y para eso se llevaron a cabo varias reuniones, donde con lujo de detalles un ingeniero explicó en qué consistía, y que no ocasionaría ninguna contaminación en agua, aire, tierra, flora y fauna. Finalmente fue autorizada e iniciaron los trámites y traslados de las partes de un gran rompecabezas que le daría forma a la planta eólica.

Durante la construcción de la planta, se sucedieron varios hechos que impactaron a la comunidad. Precisamente donde hacían la excavación para darle forma a la cimentación del enorme rehilete. A pocos metros de profundidad, descubrieron grandes cajas de madera selladas, que, al abrirlas, se encontraron con un gran número de armas largas de alto calibre, probablemente propiedad de traficantes. Después de analizar la situación, el comité de ética determinó su destrucción y la retención de miles de cartuchos útiles de los calibres de las armas destruidas. Reiniciaron los trabajos de instalación de la planta generadora de energía, para concluir así el contrato establecido con Mariana, que se encontraba feliz.

Después de este acontecimiento, ansiaba más Mariana la llegada de Esteban. Bajaba temprano, tomaba café, platicaba un rato en la cocina y después desayunaba en compañía de sus amigos, Manuel e Irene. Una ocasión, al bajar, Irene le dijo, "alguien te espera", abrió los ojos y antes le dijo, "no es quien deseas que regrese, es el diácono de la capilla y quiere hablar contigo, ¿qué le digo?". Mariana se quedó en silencio, pidió café y fue a la mesa del representante de la iglesia. Saludó, tomó asiento y esperó; el tipo, un hombre adusto y perceptivo, inició una perorata que escuchó pacientemente Mariana. Creyente como era desde que Caridad su madre la educó en ese espacio espiritual, con mucho respeto, le pidió que le permitiera razonar sus peticiones, no era ni negativa, ni un sí, así que le pidió que esperara, ella lo llamaría. El tipo, sin probar el café ni dar las gracias, se fue si voltear.

Mariana quedó sorprendida, cavilando en sus peticiones, que consistían en: reparación y agrandamiento de la capilla, para convertirla en una catedral digna de la isla, una sacristía, una casa para el cura que aseguró venía en camino y objetos litúrgicos. Irene, al ver que el diácono se retiraba, fue a hacerle compañía a su amiga, la encontró pasmada, no podía creer lo que había escuchado, eran cosas que para ella no eran de importancia. Recordaba siempre que el dogma mata la creatividad, que, en nombre de Jesús, murieron muchos inocentes, quienes tenían una vida plena, con sus costumbres, sus propias leyes, sus dioses, y ella no sería el instrumento para agachar mediante el dominio ideológico a la población de la isla, que ya estaba invadida por los protestantes. Irene escuchó a su amiga, quien se mostraba hasta molesta, con la boca abierta solo dijo, "que atrevido, ¿pues quién cree que eres, el Vaticano?". Mariana contestó, "quizá tenga problemas con este tipo, espero y no", con la mirada fija en un lugar indefinido, permaneció hasta que Irene la invitó a desayunar.

Habían pasado unos días de la visita del diácono, cuando se presentó una mujer de falda larga pidiendo hablar con ella. Mariana, al enterarse, mostró un rechazo rotundo, "no quiero nada con religiosos, de ningún tipo". Irene fue a decirle de la decisión de su amiga; la mujer, molesta, se paró, salió y en la puerta se sacudió los pies. Con esos dos sucesos, Mariana estuvo intranquila por unos días. Una tarde, salió a caminar, en las piedras del faro se sentó y admirando las tranquilas aguas, divisó las aspas de la planta que giraban lentamente, sin descanso, el viento era suficiente para su funcionamiento, eso la hizo sentirse feliz y satisfecha. Disfrutaba la felicidad de los habitantes de la isla, había generado trabajo, contaba con una oficina que llevaba el control de pagos del consumo de energía, por supuesto, con precios muy por debajo de los anteriores. Extrañaba el tum, tum de la vieja máquina generadora de energía, al recordarla, solo sonrió.

Habían pasado semanas, quizá meses y Esteban no regresaba. Mariana creía que no regresaría, y una mañana, al bajar a la cocina por el cafecito que la fortalecía, como la compañía de Manuel e Irene, al pie de la escalera vio a Esteban disfrutando de un carajillo. Ella se quedó de una sola pieza, él dejó la silla e invitó a que lo acompañara, sin poder articular palabra, lo abrazó, el restaurante estaba vacío, él correspondió el abrazo, "te extrañé", dijo ella al oído del hombre. Luego de esta ceremonia de un encuentro inesperado pero muy deseado, tomaron asiento, se había enterado de que los cambios en la isla se debían a su iniciativa e inversión, por lo que la felicitó. Luego, en una breve pero precisa narrativa, la ubicó donde estuvo, el entierro de su amigo y la soledad que lo acompañó, recordándola siempre. Mariana lo escuchaba, lo admiraba y él lo sentía, bebió el resto de café y pidió el desayuno que ambos disfrutaron. "Estás aquí, Esteban, eso me haces muy feliz" dijo ella, el correspondió con un beso en la mejilla.

Los siguientes días, a Mariana y Esteban los vieron pasear por las calles de la isla, como si fueran un viejo matrimonio, los saludaban afectuosos, eran ambos muy apreciados por los habitantes. Desde la llegada del hombre del borsalino, que aún seguía usando, con gran pulcritud en su indumentaria, Mariana era feliz. Mostraba su gratitud a la vida, su vida había cambiado completamente, para bien. Se amaban en cualquier rincón de la casona, principalmente en su habitación, ella rejuveneció en los días siguientes, él, brillaba de tanta felicidad y gratitud a la vida; por los poros, la mirada, la piel, el carácter, brotaba el amor y la felicidad de los dos, había sido un reencuentro inesperado, pero maravilloso. Manuel e Irene los admiraban y en algunas ocasiones los imitaban.

Habrían de pasar momentos felices sin esperar los difíciles. Pasadas unas semanas, se vieron llegar un par de hombre de mala catadura. Estuvieron en la casa de huéspedes en busca de una habitación, ahí se hospedaron por poco tiempo, pagaron por adelantado tres días y dos noches, algo extraño. Salían temprano y regresaban ya muy tarde. Después de su llegada, Esteban solo visitaba a Mariana en la habitación, ahí bebían café y tomaban sus alimentos, algo raro estaba pasando. "Es extraño lo que pasa con el señor de la señora", dijo Irene a Manuel, y él tranquilamente le contestó, "así son algunos, no te metas". Manuel ya no había regresado a su pueblo, quedándose ahí para siempre con su mujer, a quien amaba, respetando las reglas de ética que regían en la isla, estaba feliz. También a él le pareció raro el comportamiento del hombre del borsalino, pero decidió que no era de su incumbencia, manteniéndose al margen.

Una tarde, llegó un tipo a buscar a Esteban, para comunicarle que lo esperaba en el muelle un amigo, que deseaba verlo, brevemente, porque debía regresar por asuntos de trabajo. Esteban salió junto con quien trajera el recado. Mariana no supo hasta que no lo encontró en la casona, Irene le dijo que habían venido por él. Era Pablo Quintero quien estaba en el muelle, venía por Idelfonso, había ya prescrito el delito por el que se le acusaba y por el que abandonó su país, su casa, sus bienes y todo lo que con tanto esfuerzo había logrado. Esteban o Idelfonso se negó, dio la orden de que se fuera, que continuara en sus actividades, él se comunicaría de nuevo. Pablo insistió, aseguró, además, que uno de los hermanos de María estaba en la isla, pretendía vengarse. Idelfonso solo sonrió, le echó el brazo al hombro y lo acompañó hasta la nave acuática de alta velocidad en la que llegara Pablo. "Ve con Dios, hijo", le dijo Idelfonso, en señal de despedida. El joven le dio un abrazo y deseándole lo mejor, abordó y se fue de la isla. El viejo se quedó mirando como la nave se alejaba a gran velocidad. Cabizbajo, se fue subiendo la cuesta del camino rumbo a la casa de huéspedes.

Los hombres que pagaron tres días y dos noches, antes de que terminara su tiempo, anticiparon otros tres días y dos noches, pagando por adelantado. Nunca se les veía en la casa, salían de madrugada y llegaban casi al cerrar el restaurante; las sospechas se dieron desde su llegada. El comité fue enterado de estos hombres, se reunieron y concluyeron que su presencia se debía al armamento destruido, por lo que procuraron correr la voz, haciendo la invitación a reservarse los comentarios sobre el asunto; la población atendió la invitación y todo fue un secreto. Cuando Mariana se enteró del aplazamiento en la estancia de los desconocidos y el raro comportamiento de Esteban, encaró al del borsalino, cuestionó su comportamiento, ya no salía. "¿Te escondes de algo o de alguien?", preguntó Mariana. Temía por su seguridad y la de los demás. Él negó todo, solo quería descansar en sus brazos, afirmó. Mariana quedó inquieta, finalmente decidió disfrutar la estancia de Esteban mientras ahí estuviera, solo el destino haría su trabajo, y se dejó amar.

No tuvo mucho que esperar la enamorada mujer para darse cuenta de la clase de persona que fuera su amante, de quien desconocía todo. Una fresca mañana, amodorrada trató de abrazar a Esteban, habían estado amándose frenéticamente y deseaba olerlo, besarlo, pero solo encontró la almohada. Se paró desesperada de la cama, fue directamente al baño, descargó la vejiga y aun con pantuflas y una bata gruesa bajó a la cocina, encontró a Irene y Manuel, la miraron asombrados, todos en silencio, nadie sabía nada de nada. "¿Qué haces, Mariana?", preguntó Irene con la confianza con la que trataba a la dueña de la casa. "Esteban, ¿lo han visto?". "No ha bajado", dijo Manuel. "Al menos que haya salido por la madrugada, pero la puerta estuvo cerrada todo el tiempo", confirmó Irene. Se hizo un silencio, le sirvieron café a Mariana, sorbió el café y con la mirada clavada en el piso, estuvo cavilando. Después de un rato, dijo "voy a bañarme, si llega Esteban le dices que me espere, necesito hablar con él", luego con la taza en la mano subió las escaleras; ya en su habitación, se asomó por la ventana, se miraba mucho revuelo por las calles, algo no muy común. Mariana se fue al baño, un regaderazo ligero fue suficiente, estaba nerviosa, se metió unos jeans y bajó al restaurante. Irene y Manuel ya la esperaban.

Los ojos de Irene delataban ciertos sentimientos encontrados, tristeza y asombro. Manuel estaba muy serio. Al llegar Mariana, Manuel le tomó las manos e Irene la abrazó. En ese momento, la mujer, que había sufrido la desilusión por el divorcio de su esposo, esa mujer que pensaba y sufría por la ausencia de sus hijos, quien había traído progreso a la isla donde se encontraba sepultada su madre, quien disfrutara la libertad de vivir plenamente con un desconocido, presentía de nuevo otro dolor. Se llevó las manos a la cara y dijo entre sollozos, "¡Esteban!". Ambas mujeres lloraban, Manuel solo las consolaba con apapachos, no tenía nada que decir, o no sabía que decir. Mariana, desconcertada escuchaba los hechos, paso a paso le describían como lo encontraron y finalmente agregaron que requería ser sepultado inmediatamente.

Lo cierto era que habían encontrado el cuerpo de Esteban flotando a la orilla de la playa, del otro lado de la isla, sujeto por un brazo de mangle, con una puñalada en un costado izquierdo, por donde aún emanaba un hilito de sangre. Estaba el cuerpo amoratado, razones muchas, la más acertada serían los golpes. Entre los ahí presentes, alguien dijo, "era bueno don Esteban, ¿qué pasaría?". Un hombre de edad le dijo, "quizá era un pájaro de cuenta, y no sabíamos". Sin más comentarios, el cadáver fue retirado de la playa, era necesario ser sepultado, no se veía nada bien, dados los moretes y el agua absorbida por el cuerpo, no se podía mover. Al conocer esta situación, Mariana reaccionó como una mujer enamorada, estaba destrozada interiormente, sufría la pérdida de su amante, lloraba desconsolada en brazos de su única y gran amiga, Irene, quien se encargaba de consolar con diferentes palabras y pasajes de la biblia, Mariana estaba destrozada, su vida ahí había terminado.

Después de desahogarse y estar ya más tranquila pero inconsolable, pidió muy amablemente a Manuel que fueran preparando todo para que al lado de la tumba de su madre, fuera sepultado Esteban, el hombre que le hiciera sentirse de nuevo mujer, al hombre que según ella jamás dejaría de amar. Por el gran aprecio que sentía por Mariana, y el amor por Irene, Manuel se encargó de todo.

Ese mismo día, pardeando la tarde, sobre los hombros de unos voluntarios, iba el rústico ataúd de madera con el cuerpo de Idelfonso de la Vega y Chavero; solo que en la cruz, que llevaba un niño frente a los acompañantes, estaba grabado el nombre de Esteban Barba. El diácono se negó a darle la misa de cuerpo presente al desconocido, argumentando que había muerto sin arrepentimiento visible. Más bien estaba resentido por el rechazo de Mariana a la solicitud hecha, en la ampliación de la capilla. Los protestantes ni se acercaron, era para ellos un evento sin importancia, o al menos que no les correspondía. Un gran número de personas acompañaron al cuerpo, no por el difunto, sino por el aprecio que le tenían a Mariana. Ella, con lentes oscuros, una pañoleta negra y abrazada de Irene, iba caminando delante de todos. Los habitantes de la isla siempre fueron respetuosos con Esteban, él era un viejo que sabía compartir con quien necesitara, convivía con todos, y respetaba a las mujeres, al menos que alguna le gustara, él la enamoraba de una manera muy especial, en ese lugar nunca le había sucedido, solo con Mariana y lo hizo saber, esa isla desconocida e infrecuentada por muchos, fue uno de los más visitados y apreciados por Esteban, después de haber recorrido todas las Antillas.

La fosa estaba lista, después de un voluntario que nunca falta en estos casos, unas palabras de despedida, de agradecimiento y de buenos deseos en su último viaje. Sobre un soporte de piedra descansó un momento el ataúd, donde un trio entonó la canción "Nuestro juramento" creación criolla de Benito de Jesús. Ahí mariana, derramó todas sus lágrimas de desconsuelo por la pérdida de su gran amor, hasta que fue tranquilizada y se despidió de su amado. Finalmente fue colocado el féretro sobre unas correas y fue bajando lentamente hasta el fondo. Las manos de los presentes fueron llenándose de tierra que depositaban sobre el ataúd. Mariana, acompañada de Irene, tomó un puño de tierra y lo regó sobre el cajón, diciendo, "descanse en paz". Ahí permaneció hasta que fue colocada toda la tierra arenosa sobre el cuerpo sin vida de su amante, sollozaba, y fue finalmente cerrada con un montón de tierra, donde se colocaron las flores, quedó la tumba y la cruz con el nombre de Esteban Barba.

Esta situación obligó al comité de ética del pueblo a llamar a autoridades marítimas, pedirles apoyo e investigar los hechos. No tuvieron respuesta. Al conocerse la tragedia, fueron en busca de los extraños que ocuparan una habitación, les quedaba el derecho de dos días y una noche más, que habían pagado por adelantado, y no sabían si se encontraban en la habitación. Tocaron sin obtener respuesta, finalmente decidieron abrir, aun en contra de la política de la casa de huéspedes, encontrándola totalmente vacía. "Ya me imaginaba", dijo Manuel. Irene lo miró asombrada. "¿Los viste salir?". "Claro que no, pero nunca estaban aquí, solo venían a dormir, ¿recuerdas que lo comentamos?", contestó Manuel, quien se ve frustrado por no encontrar evidencias. Se hizo un silencio y bajaron.

El comité de ética, que funcionaba como un regulador de autoridad, se veía imposibilitado de hacer cualquier investigación de esa índole. "En otras condiciones quizá los hubieran apoyado", fue la respuesta de la autoridad marítima. Un capitán de alto rango con quien tuvieron una charla, les aconsejó: "Deberían integrar un equipo judicial y de investigación profesional, para estos casos y guardar el orden social, de lo contrario, van a ser presa fácil de malhechores, busquen voluntarios y me comprometo a capacitarlos, sean hombres o mujeres decididos y con una conducta intachable". Cuando Mariana se enteró de la propuesta, ella se comprometió a no reparar en gastos, construir un edificio que fuera donde se encontrara este equipo de investigación y proporcionar todo lo necesario para que la isla no estuviera aislada y a expensas de malvivientes, que hubiera comunicación y la civilización llegara a ese lugar tan apartado. El comité de ética aceptó y fue Manuel, con su equipo quien se encargó de construir el pequeño edificio.

La comunidad estaba consternada con los hechos recientes, de los malhechores nada se supo jamás y Mariana cayó en una profunda depresión; solo deseaba estar en su habitación. Comía poco, dormía mucho, dejó de bañarse, el desinterés por su persona se apoderó de ella. Una anciana que había nacido en la isla, conocía de las hierbas que podrían salvar la vida de la señora, como ella decía, "por el Cristo del mar, ¡déjenme ayudarla!". Ursulina, una vieja con trapos andrajosos, pero limpios, suplicó a Irene. Manuel, pendiente de lo que ahí sucedía, convenció a su mujer de que le ayudara, no había más, mientras iban por un médico al puerto. Bajaron a Mariana al cuarto de Irene y Manuel ocupó otra habitación, la de la señora quedó sin utilizar. Por suerte en la remodelación, habían agregado seis habitaciones más.

Ya lista Mariana, sin saber nada, Ursulina se presentó una mañana muy temprano, llevaba entre sus ropas una serie de hierbas sin preparar, frascos con aceites y ungüentos. Saludó a Irene y le dijo, "en la bebida, póngales una gota de esto"; Irene la miró con desconfianza, sin embargo, obedeció. En medio vaso con leche, vertió una gota del aceite, "confiemos, pues", pensó, se santiguó y fue con Mariana. Amodorrada, sin aceptar muy bien el vaso, bebió un poco de leche, luego miró a Ursulina y sin darle importancia se dejó caer de nuevo en un sueño anormal. La anciana miró a Irene y sacó un ungüento, empezó a frotar en la punta de los dedos de los pies. La mujer balbuceaba incoherencias. La anciana miró a Irene con una sonrisa de satisfacción. Continuó por toda la mañana, cuando consideró que había terminado, se fue. Irene, en agradecimiento, le entregó un utensilio de cocina con alimentos preparados. La mujer los tomó, agradeció con una venia y se fue. No dijo si regresaría, no dio recomendación alguna y salió silenciosamente.

Al amanecer del siguiente día, Mariana estaba sentada cuando despertó Irene, "¿qué hago aquí en tu departamento, amiga?". Irene, con lágrimas en los ojos, fue a abrazar a Mariana. "Te ves muy bien, ¡gracias Dios!". Luego pidió ir a su habitación, su amiga la acompañó, se miraba como si no hubiera sufrido nada, pidió quedarse sola. Irene se fue, ella se metió a la ducha, permaneció un buen rato bajo la refrescante agua, no pensaba en nada, solo se concentró en ella. Sentía que algo estaba sucediendo, salió del baño, se aplicó la crema humectante, estaba a punto de salir cuando entró Irene con una charola con alimentos, "no, hermana, quiero desayunar con ustedes", se refería a Manuel también, y bajaron juntas.

De la anciana nunca supieron nada, Irene preguntó a quienes ella consideraba que la conocieran, nadie supo darle señas de Ursulina, como dijo llamarse. Mariana fue al faro, quería saber sobre esa mujer que la había curado. Se sentó frente a la vieja y corroída puerta del faro, sabía que encontraría a su amigo, y pidió con todas las fuerzas del alma que llegara. Esperó hasta que sintió una mano que le tocaba cariñosamente el hombro; se estremeció, sabía que era Fluvio, su amigo. Con su voz estentórea le dijo: "¿fue Ursulina a rescatarte de la muerte?", con la cabeza asintió Mariana y el viejo continuó. "Ella es tu abuela, le hablé de tu situación y fue en tu busca, cuando regresó, me aseguró que serías feliz, aun sin el amante desconocido del que estuvimos enterados". Mariana estaba asimilando cada palabra, no preguntaba, la mano de Fluvio estaba en su rodilla, y se fue desvaneciendo, al tiempo que decía, "mi tiempo se terminó, he cumplido y ya no nos veremos más, cuídate mucho, los ángeles están a tu lado siempre", terminó diciéndole, al mismo tiempo que se desvanecía completamente. Ella no dijo nada, solo se quedó pensando en lo último que le dijo su amigo, algo que le retumbaba en su cabeza. *Amante desconocido.*

Mariana, en los siguientes días, semanas, meses y años, se dedicó a buscar el bienestar para esa isla con la que se identificaba, isla que sentía como suya, sentía que ahí estaba su origen, y pretendía protegerla, llevar el progreso. Se construyó un complejo turístico donde laboraban todos los habitantes de su amada isla. Luchó para que llegara un sacerdote para ampliar y mejorar la capilla, no confiaba en el diácono, creía que era un barbaján; no se equivocó, al descubrir desfalcos de dinero y abusos sexuales con mujeres ingenuas de la isla, hablo con él, le hizo saber de lo que conocía y para evitar un linchamiento, le sugirió que se fuera; un día jamás se vio.

Mariana cuidó cada detalle de cómo organizar ese complejo turístico que traería gente de muchas partes. Buscó profesionales en turismo y logró inaugurar satisfactoriamente su primer proyecto. Ella, Irene y Manuel estaban felices. La comunicación satelital estaba instalada, había autoridad y la isla fue bautizada, en honor a la virgen María, como Isla Mariana. La mujer que llegó por vigésima octava ocasión a visitar la tumba de su madre Caridad y permanecer solo unos días, jamás pensó que después de muchos meses desearía terminar ahí su existencia, por supuesto muchos años después, con una mueca de satisfacción en los labios, dejó claro que deseaba ser sepultada al lado de su amante desconocido…

CONTENIDO

 Manuel de J. Valenzuela Valenzuela, nació en Navojoa Sonora. Lic. En Ciencias de la Educación, 41 años de servicio a S. E. P. Producción literaria: "BULLYING O ACOSO ESCOLAR, su impacto consecuencias y acciones a tomar", "EL MACO", "TUS CUENTOS, MIS CUENTOS", "CAMILA Y HELIODORO" y "EL PARAJE", estas últimas novelas, participantes en la FIL 2016-2017, por el SNTE. "EL BAYÁJORIT, cerro mágico, 2018.